Questo Libro è di:

....

....

....

FAIRY OAK

CAPITAN GRISAM e L'AMORE

Ideazione grafica e artistica di Elisabetta Gnone
Colori ed effetti speciali di Barbara Bargiggia
Illustrazioni personaggi di Alessia Martusciello e Roberta Tedeschi
Gli acquarelli dell'inserto *Incanti d'Amore* sono di Corinne Giampaglia
L'inserto *Rondine Nera* è stato curato da Angela Domenici
Ottimizzazione logo di Francesco Gemelli
Copertina e sovracoperta di Elisabetta Gnone

Si ringrazia per la consulenza editoriale lo scrittore Tim Bruno

Visita il villaggio della Quercia Fatata su:
www.fairyoak.com

Redazione: corso della Vittoria, 91 - 28100 Novara
Ufficio tecnico: Marco Manzini
Prima edizione: ottobre 2008

Catalogo U7350460
ISBN 978-88-418-5210-1

www.deagostini.it

Prestampa: G.F.B. - Sesto San Giovanni (MI)
Stampa: La Tipografica Varese S.p.A. - 2008

Alle farfalle...

Cara Fatina dal nome impronunciabile,

ma che con un po' di esercizio imparerò a dire, il mio nome è Lalla Tomelilla e sono una Strega della luce.

Ho avuto il tuo nome dal Gran Consiglio al quale invio questa lettera affinché te la inoltri al più presto (come saprai, a nessun essere umano è permesso scrivere direttamente a una Creatura Magica).

Ho letto nella tua ottima scheda che oltre a essere molto brava, seppur molto giovane, sei disposta a trasferirti in regni distanti dal tuo. Forse avrai sentito parlare della Valle di Verdepiano e del villaggio della Quercia Fatata: io vivo là. Dunque, molto lontano dal Regno delle Rugiade d'Argento.

Tuttavia, posso assicurarti che il luogo è piacevole e congeniale alle fate. Molte di esse infatti vivono qui con noi e badano ai nostri bambini in serenità.

Fra alcuni mesi, mia sorella Dalia darà alla luce due gemelli che, viste le tue attitudini, vorrei affidarti in qualità di tata. Naturalmente vivrai con noi e riceverai un adeguato compenso per il tuo impegno che, ti dico fin da subito, sarà a tempo pieno, sette giorni su sette.

Ti allego alcune foto della nostra famiglia e della casa, affinché l'incontro ti sia in qualche modo familiare e tu possa cominciare a prendere confidenza con la tua nuova vita. Ho fiducia infatti che accetterai l'incarico. E a proposito di questo, ti prego di rispondermi subito. Il tempo stringe e per me è molto importante che i miei nipoti abbiano una fata baby-sitter che li abbia visti nascere.

Se accetterai, il tuo incarico presso la nostra famiglia durerà quindici anni, trascorsi i quali sarai di nuovo libera di occuparti di nuovi bambini.

Complimentandomi con te per gli ottimi voti e nella speranza di avere presto tue notizie, cordialmente ti saluto

Strega Lalla Tomelilla

Elisabetta Gnone

CAPITAN GRISAM e L'AMORE

LA PRIMA SERA...

Addio Fairy Oak

RITORNO ALLE RUGIADE D'ARGENTO

- È tornata Felì! È tornata Felì!
- Sono già passati quindici anni!
- Oh, che emozione!
- È cresciuta?
- È più bella?
- Dov'è? Dov'è?

Ero di nuovo a casa.

Mentre volavo incontro alle mie compagne, feci un gioco. Un gioco un po' sciocco, in verità, che si fa da giovani fatine, quando ancora si ha molto tempo e nessun pensiero. Si chiama "Giocare con l'ombra a terra". Io l'avevo fatto spesso e per questo sapevo già dove l'avrei trovata quel mattino d'estate. Ed eccola, infatti, la mia ombra! Mi aspettava sull'erba fresca di rugiada, pronta a inseguirmi.

Ripresi a volare e lei mi scivolò dietro tra i fiori e le spighe imperlate. Una macchiolina bruna, allegra e impertinente, così piccola che i coniglietti e gli scoiattoli la notavano appena.

Ben diversa sarebbe stata la loro reazione se sul prato fosse comparsa l'ombra dell'aquila o del falco. Allora, ritti sulle zappe posteriori avrebbero lanciato l'allarme. Gli adulti sarebbero corsi a prendere i cuccioli e li avrebbero portati al sicuro nelle tane, mentre nell'aria echeggiava l'acuto grido di caccia. Invece… I merli salutavano il giorno col loro canto melodioso mente gruppi di giovani stornelli si riparavano tra le fronde. L'ombra spariva e ricompariva, dentro e fuori dagli alberi, sul manto verde delle scarpate, su per la collina ancora indorata dal sole e giù nell'acqua del torrente. Giocava con le farfalle intorno ai rami di nepeta o fra i fiori lilla della buddleja… Nulla era cambiato.

Ero a casa.

Eppure, quando l'argentea laguna comparve sotto di me, il cuore mi balzò nel petto: era tempo di raccolta, l'avevo dimenticato? Le mie compagne erano al lavoro! Fra i papaveri e le alte speronelle, tra le foglie di melissa profumate di limone, intorno alle salvie e alle lavande in fiore, fra i brillanti colori dei nasturzi e gli allegri pratini di fragole, tra le alte pannocchie di digitalis, di un rosa bellissimo, e la ancor più alta malvarosa, tra gli altezzosi fiordalisi… lavorano le fate, cogliendo foglie e fiori e semi per la cucina, per i medicamenti e anche per i passatempi: senza il blu dei fiordalisi gli acquarelli delle fate non sarebbero mai la stessa cosa! Io lo sapevo bene perché amavo dipingere quando ero una giovane fata.

Ma è di loro che vi voglio parlare, delle mie amiche, le mie sorelle, del mio popolo. Lavoravano ala contro ala.

Come mi videro, alcune gridarono, altre agitarono le mani in segno di saluto, altre ancora, le più giovani, volarono ad annunciare il mio ritorno.

- È tornata Felì!

- È tornata Felì!

Ero a casa.

- Non avete ricevuto la mia lettera? - chiesi stupita da tanta vivace accoglienza. - Perché sembrate tanto sorprese di vedermi?

- Non sorprese, felici! Oh, ti aspettavamo, sì, eccome.

- Da giorni tentiamo di contenere l'emozione, sapessi...

- Quante cose avrai da raccontarci, eh, Felì?

- Veramente io...

- È tutto pronto, sai? Abbiamo organizzato una festa in tuo onore!

- Oh, grazie, non dovevate, io...

- Fatti vedere... Ah, come sei cresciuta!

- Hai fame?

- Hai sete?

- Come stai?

- Sei emozionata, per questo piangi, Felì?

Ero a casa e piangevo.

- Lasciatela riposare - intervenne Gocciargenteadigentilesaggezza, la fata più anziana di noi - fra un po si sentirà meglio e allora risponderà a tutte le vostre domande.

La abbracciai e lei mi consolò sottovoce.

- Passerà - mi disse - passa sempre.

La ringraziai e mi avviai sola verso la magnolia che mi

aveva vista nascere. La mia casa, casa mia! Eppure...

Finché ero stata in viaggio, un filo mi aveva tenuta legata al villaggio della Quercia Fatata e per tutto quel tempo mi aveva consolata l'idea che all'altra estremità ci fosse Tomelilla, così che se io avessi tirato, Tomelilla avrebbe sentito e se avesse tirato lei l'avrei sentita io, e con lei avrei sentito tutti coloro che avevo amato e amavo ancora a Fairy Oak. Sapevo, durante il viaggio, che se il dolore m'avesse sopraffatta avrei potuto voltarmi e tornare indietro. Bastava seguire il filo.

Mentre m'inoltravo fra le dolci fronde, illuminando le le grandi e lucide foglie, il rumore sottile e affilato del filo che si spezza rimbombava nel mio cuore come un ponte che crolla. Avevo appena detto addio a Fairy Oak.

Il sole tramontò dieci volte prima che le lacrime smettessero di bagnarmi il volto. Quel giorno, Gocciargenteadigentilesaggezza tornò a prendermi.

- Hai il viso asciutto, bene - disse prendendomi le mani - l'intero regno non attende che te. Senti le musiche e i canti di gioia? Sanno che sei pronta e vogliono che tu sia la regina della festa. Hai la risposta per loro?

Annuii.

- Bene - disse allora lei sorridendo. - Seguimi, Felì. Ti chiamavano così, vero a Fairy Oak?

- Sì - dissi piano.

- Dopo aver letto le tue lettere abbiamo cominciato a chiamarti Felì anche noi. E alcune hanno chiesto di avere un diminutivo, proprio come il tuo, e così avrai tanti nomi nuovi da imparare.

Sorrisi.

Molti secoli prima che io brillassi al mondo, i lunghi nomi avevano salvato le fate dalla crudeltà degli uomini. In un primo momento, infatti, il popolo luminoso, di natura allegro e fiducioso, s'era lasciato attrarre dalla voce degli uomini. Incuriosito, aveva lasciato le ombrose radure e si era avvicinato alle loro modeste capanne, era entrato nei sontuosi castelli, nelle botteghe, e qualcuna aveva perfino affrontato il mare ventoso per conoscere chi viveva sulle grandi navi che solcavano le onde.

Strabiliati dalle piccole creature luminose, gli uomini s'erano subito dimostrati gentili e quasi adoranti e per alcuni anni i due popoli avevano vissuto insieme in un'idilliaca convivenza.

Poi, alla sorpresa s'era sostituita l'abitudine.

Gli uomini avevano imparato che le fate ubbidivano senza fiatare ogni volta che si pronunciava il loro nome per intero e così ciò che prima era chiesto gentilmente fu ordinato e imposto, e le piccole magie volanti, com'erano state soprannominate, vennero impiegate per i lavori più difficili e umilianti.

A proprie spese, le fate appresero quanto fosse corta la memoria degli uomini rozzi, e quanto facile a ingannarsi la loro mente. Nessuna riconoscenza, nessuna amicizia salvò le fate.

Finché un giorno, una di loro ideò un piano semplice e astuto: le fate si sarebbero presentate agli uomini con nomi lunghi e complicati, i più complicati possibile.

Funzionò e le fate tornarono a essere libere.

Pochi riuscivano a ripetere gli intricati giochi di sillabe e rime che il popolo luminoso, con abile arte, combinava creando cantilene e filastrocche, che ai più parevano senza senso. Solo i saggi e i giusti e chi ne ascoltava il suono e ne comprendeva il senso, riusciva a pronunciare nomi come Soffiododicisofficisoffidivento, o Quattropetaliacuorehoportatoperte, senza che la lingua ne soffrisse. Chi, insomma, comprendeva che dare ordini è una responsabilità e occorre pensare bene e concentrarsi prima di farlo.

I lunghi nomi avevano protetto le fate per molti secoli. Ora, dalle parole di colei che mi era stata guida e maestra, apprendevo che il popolo luminoso tornava a fidarsi…

- Sono pronta a raccontare il mio viaggio - dissi.

Tenendomi per mano, Gocciargenteadigentilesaggezza mi portò in mezzo alla radura e parlò.

- Sefeliceleisaràdircelovorrà è tornata fra noi - annunciò con voce solenne. Dagli alberi e dal prato si sollevò un "Oooh" e il bagliore delle fate accese di riflessi la calma laguna.

- Come sappiamo, è stata molto paziente, molto coraggiosa e molto saggia. Si è fatta onore e ha reso onore al nostro popolo. Ha sofferto, è normale. Ma ora sta meglio e ancora meglio starà se voi la amerete e l'aiuterete a ricordare.

Un'armonia lieve s'insinuò allora tra i fili d'erba. Una melodia che crescendo d'intensità e ricchezza, scivolò fra le foglie e colmò l'aria profumata di fiori e di muschio. Le fate cantavano e le loro voci m'invitavano al racconto.

Sapevo quanto importante fossero le storie per le fate e per questo, durante i miei giorni a Fairy Oak, avevo scritto spesso a casa, aggiornando le mie compagne sugli ultimi eventi e le novità. E poiché avevo sempre molto da raccontare, avevo scritto con regolarità. Ripensandoci in quel momento, con tutti quegli occhi posati su di me, fui presa dallo sgomento: avevo già raccontato tutto, cos'altro potevo aggiungere?

Siccome tardavo a parlare, un brusio si sollevò dal pubblico, che durò alcuni minuti, finché una giovane voce si separò dalle altre e si rivolse a me direttamente.

- Forza, Felì! - esclamò. - Dicci cosa c'era dentro il baule del Capitano. E Vaniglia, si è poi innamorata di Jim?

Altre voci si unirono.

- Ci hai scritto molte lettere - disse una fata piuttosto anziana - e ci hai reso partecipi di molti incredibili avvenimenti, come la nascita delle bambine, quello è stato molto interessante. Ora vai avanti.

- Avanti? - chiesi.

- Due sorelle che nascono a distanza di dodici ore l'una dall'altra è un fatto bizzarro, Felì, anche per il regno delle fate - commentò la fata che le era accanto. - Grazie per avercelo scritto, ora vai avanti.

- Avanti? - proprio non capivo.

- Ci hai raccontato che le ragazze sono identiche e belle come i fiori che portano per nome, Vaniglia e Pervinca, e che tutti i Magici della regione hanno nomi di fiori. Adesso però, Felì, vai avanti...

- Ci ha scritto che Fairy Oak è un villaggio di pietra e

di fiori, affacciato sul mare e circondato da boschi in una valle verde e rigogliosa… E poi?

- Poi?

- Grazie alle tue lettere sappiamo che fu costruito dal popolo dei Magici e dai Nonmagici molti millenni fa intorno a una quercia parlante, e…

- E?

- È stato bello sapere che Magici della Luce e Magici del buio vivono finalmente in serenità - intervenne Gocciargenteadigentilesaggezza. - E che addirittura hanno accettato di convivere con i Nonmagici. Certo però non sarà finita qui...

- Non è finita qui?

- È vero che quasi non si distinguono più gli uni dagli altri, Felì?

Annuii un po' confusa.

- Raccontaci ancora, Felì, di Lalla Tomelilla, del villaggio... Noi tutte sognamo di andare in un luogo tanto sereno e armonioso - sospirò una giovane vocina. - E di lavorare per una strega saggia e onorevole che ci voglia bene come Tomelilla ne ha voluto a te.

Sospirai.

- Bene, questo è ciò che sappiamo - incalzò di nuovo la fata che per prima aveva parlato. - Come vedi, devi aggiungere molto. Riprendi da dove hai lasciato e vai avanti, Felì.

Avanti? Ma avanti dove? Avevano appena dimostrato di sapere tutto!

- Io… non immaginavo v'importasse tanto di Fairy

Oak e dei suoi abitanti - dissi. - In fondo, non li avete mai conosciuti. Posso dirvi che dopo che il Nemico ha lasciato la Valle nient'altro di sconvolgente è successo e per fortuna. Ve l'ho scritto: qualcuno si è sposato, qualcuno no, qualcuno è partito, qualcuno è arrivato... Ma sono storie di tutti i giorni. Perché mai dovrebbero appassionarvi? - chiesi. - È davvero così importante per voi, fondamentale sembrerebbe, conoscere cosa successe dopo?

Sapete cosa mi risposero? Che no, non era fondamentale, ma certo sarebbe stato dolce e confortevole com'è ricevere notizie di vecchi amici ai quali si vuole bene anche se vivono lontani. E aggiunsero che se erano così affezio-nate a Tomelilla, Vaniglia, Pervinca, a Grisam... la colpa era mia che glieli avevo presentati.

Potevo dire di no?

Decisi in quel momento che avrei svelato alle mie compagne quattro misteri di Fairy Oak che ancora non conoscevano. Una storia per ogni sera per quattro sere, dopo di che non avrei mai più parlato del passato.

La prima sera parlai d'amore
la seconda di strepitosi incanti
la terza di amicizia
la quarta sera raccontai un addio.

La prima sera...

UNO

La Grotta di Grisam

UNA STORIA ANCORA DA RACCONTARE

"... Come aveva spiegato Tomelilla? 'Luce e Buio, un potere crea, l'altro distrugge. Uniti ed opposti, sono inseparabili, né buoni né cattivi, necessari entrambi, come il giorno e la notte..."

Mentre fuori riprendeva a nevicare, Grisam e Pervinca trascinarono il baule del Capitano in mezzo alla grotta dove sarebbe stato più comodo aprirlo. Fra tutti gli oggetti che riempivano l'antro segreto del giovane mago fino al soffitto, il baule era senza dubbio il più attraente e il più magico. Vaniglia e Shirley osservavano senza respirare, mentre il topolino di Shirley, Mr Berry, era sceso dalla spalla della ragazzina e s'era avvicinato per vedere meglio. Dall'altra parte, la vivacissima Flox non aveva mai smesso di tamburellare sulla cassa dove era seduta: che momento stavano per vivere!

Cosa avrebbero visto?

Quel baule era appartenuto alla persona più

straordinaria che avessero conosciuto. Un eroe che aveva solcato le onde di tutti i mari, avvistato coste sconosciute agli uomini, camminato su spiagge dai riflessi rosa, pescato calamari giganti, combattuto pirati e tempeste oceaniche... Sui suoi numerosi taccuini, aveva descritto creature che sembravano appartenere a un altro mondo, animali più strani e spaventevoli dei draghi, pesci con le corna, uccelli dai mille e mille colori e uomini scuri, altissimi alcuni, minuscoli altri... Cosa mai poteva contenere il bagaglio di un simile uomo?

- Ora tocca a te - disse Grisam rivolgendosi a Vaniglia. - Il Capitano non ha lasciato chiavi!

Vaniglia trasalì: - Perché proprio a me?

- Perché sei una Strega della luce! - risposero i ragazzi in coro. - Hai il potere di aprire ciò che è chiuso, giusto? Mentre noi potremmo solo chiuderlo.

- O peggio, distruggerlo.

- Non è vero, anche Shirley ha questo potere ed è più brava di me - replicò Babù. - Non avete paura che io possa sbagliare?

- Perché dovresti sbagliare? - chiese sua sorella Pervinca. - L'hai già fatto una volta.

Babù arricciò il naso.

- Lo scrigno del Capitano, ricordi?

- Sì, ma era diverso. Lo scrigno del Capitano era molto più piccolo e anche meno... - Babù stava per dire "meno prezioso", ma forse non erano le parole giuste poiché lo scrigno che Vaniglia aveva ricevuto in eredità da Talbooth conteneva un libro molto antico e raro e perciò era prezioso eccome! Il problema era un altro. Lo scrigno era stato lasciato a lei, e dunque, al momento di aprirlo, Babù ne era la sola e unica responsabile: il baule invece apparteneva a Grisam e tutti sapevano quanto il giovane tenesse al suo contenuto. Dentro a quel baule c'era la vita del Capitano, i suoi segreti, forse l'intera storia! Al posto di Vaniglia neppure io avrei gradito una simile responsabilità.

- E se mi confondo e trasformo tutto in un dolce alla panna? - sussurrò tremando.

- Non dirlo neanche per scherzo! - rispose Grisam serio.

Flox invece ci fece un pensierino e si leccò i baffi.

- No, no, no - disse infine Babù tirandosi indietro. - È meglio se lasciate fare a Shirley oppure provate voi Magici del buio a rompere la serratura, coi vostri poteri distruttivi.

Pervinca non riusciva a credere alle proprie orecchie e fulminò sua sorella con lo sguardo. - Cosa devo sentire??? Una Periwinkle che rinuncia? Mai! Smetti di frignare e apri questo baule, adesso! - esclamò.

Erano sempre state così, Vaniglia e Pervinca, uguali e opposte in tutto. Opposti poteri e opposti caratteri, deltuttocontrarioppostisempre. Se Vaniglia era solare, dolce e giudiziosa, Pervinca era ombrosa, sagace e ribelle. Due facce della stessa medaglia, come si diceva ormai al villaggio, che nessuno avrebbe mai separato, ma che il destino aveva diviso fin dal primo giorno. E reso speciali.

- Cerca di ricordare come hai fatto ad aprire lo scrigno - provò a suggerire Grisam imponendosi di sembrare calmo. - Avrai detto una parola magica, immagino. Basta che ripeti quella e…

- Oh, non servono parole magiche - spiegò Vaniglia. - Io lo so, basta dire: "Apriti!". Almeno, con lo scrigno è successo così. Felì, tu eri con me, ricordi se ho detto qualcos'altro?

- No, no, non direi proprio… - risposi. - Tenevi lo scrigno sulle ginocchia e lo guardavi, mentre cercavamo di immaginare quale potesse essere la parola giusta. Non conoscendola, abbiamo provato con la più facile, e così tu hai detto: "Apriti!" e lo scrigno si è aperto.

- Be', sembra facile davvero - disse Grisam. - Su, coraggio allora…

Vaniglia scese dalla sedia e si avvicinò al baule. Seria e concentrata si fermò davanti alla serratura. E avrebbe detto la fatidica parola se Flox non fosse intervenuta a rovinare tutto.

- Aspetta, so io cosa ti serve! - esclamò saltando giù dalla cassa. - Vado a chiamare Jim…

- FLOX! - gridarono gli altri in coro. - Ti sembra il momento di dire quel nome?

Troppo tardi, Vaniglia era già rossa come un pomodoro.

- Non sai che quando è agitata non controlla più i suoi poteri? - la riproverò Pervinca. - Ora trasformerà tutto in fragole e miele.

Jim era il giovane straniero che una notte, lo zio di Grisam e il signor Cicero, pensando fosse una spia del Nemico, avevano catturato e d'accordo con l'intero villaggio avevano chiuso in una cella a prova di Magico. Il povero giovane aveva speso in quel modo i suoi primi giorni a Fairy Oak, finché la zia di Flox, Ortensia, aveva scoperto che non era affatto una spia, né tanto meno un Magico. Era invece un inventore venuto da lontano.

- Cosa c'entra Jim? - chiese Babù, fingendo di essere del tutto indifferente a quel nome. - Se sbaglierò incantesimo non sarà certo per colpa sua. Perché mai credete che m'importi di lui?

Flox strabuzzò gli occhi.

- Ma come? - esclamò arcisorpresa. - Se proprio ieri a scuola mi dicevi quant...

- APRITI! - ordinò Vaniglia al baule, prima che l'amica potesse finire la frase.

Nella grotta piombò un silenzio di ghiaccio.

Grisam, Pervinca e Flox si bloccarono come statue e senza più respirare attesero il *clack!* della serratura che si apriva.

Niente.

Lentamente si voltarono verso il baule. Vaniglia lo osservava immobile in cerca di un segno: la serratura non s'era aperta, ma forse qualcosa si era mosso.

- Vi sembra che sia cambiato qualcosa? - chiese.

- N... no - rispose Grisam cauto. - Fuori sembra tutto uguale a prima.

- Però non sappiamo cosa sia successo dentro - azzardò di nuovo quell'incosciente di Flox. - Adesso potrebbe essere ripieno di mousse al caffè.

Pervinca si coprì gli occhi e Grisam scivolò affranto per terra. A Vaniglia non restò che guardare me e Shirley per avere un po' di comprensione. E la trovò. Shirley le sorrise tranquilla, muovendo appena la testa in segno di consenso. Io invece ebbi un'illuminazione.

- Lo toccavi! - dissi scintillando. - Lo scrigno! Quando gli hai ordinato di aprirsi lo tenevi sulle ginocchia!

Senza esitare, Vaniglia afferrò la serratura e ripeté la parola magica: - Apriti!

Un attimo dopo sorrideva.

I ragazzi però attesero prima di esultare.

- Cosa si vede? - chiesero a lei che era la più vicina. - Hai fatto qualche disastro? È davvero ripieno di mousse al caffè?

Vaniglia aprì appena un po' il baule e subito dopo si scostò in modo che vedessero tutti.

- Direi di no! E voi?

- Per la barba di mia zia! - esclamò Flox.

Grisam spalancò di colpo la bocca, Shirley si prese il volto fra le mani e Vì tirò un lato della bocca, come faceva sempre quando non riusciva a credere ai propri occhi.

- La sua divisa! - esclamò.

E non c'era solo quella, la vera sopresa doveva ancora venire...

Capitan William Talbooth

DUE

William Talbooth

IL RE VENUTO DAL MARE

"Ricordo un passaggio del testamento che m'incuriosì, diceva: '...Il mio baule di mogano e tutto ciò che in esso vi è contenuto vada a quel curioso di Grisam Burdock', vero, Felì? Povero Capitano..."

Lo aveva trovato Fidiven, la fata tata dei Pollimon, in fin di vita sulla spiaggia, quarant'anni addietro. Il povero Talbooth era quasi assiderato e per molto tempo non aveva parlato né ricordato nulla. Mesi erano trascorsi prima che il ferito ritrovasse la parola e la stabilità sulle proprie gambe.

La memoria, invece, aveva continuato a giocargli brutti scherzi per molto, molto tempo. Come l'onda di marea, i suoi ricordi erano andati e venuti, vaghi e balzani ricordi che fluttuavano nella nebbia di quella povera mente, trasparenti come fantasmi.

Il poveretto, non sapendo come trattenerli né come interpretarli, li raccontava così come gli apparivano, confusi e lontani. Sperava, si capisce, nell'aiuto di coloro che sembravano più savi e sereni di lui, ma... Poiché si contraddiceva e ancora più spesso tornava a dimenticare, l'idea che fosse solo un vagabondo un po' matto, se non anche un ubriacone, era stata per anni nel pensiero di tutti.

Per fortuna, poiché il nuovo venuto era molto gentile e particolarmente educato, nessuno aveva mai pensato di allontanarlo. Anzi, la comunità di Fairy Oak lo aveva accolto serenamente, e quando il vagabondo aveva chiesto di potersi costruire una casetta sullo scoglio nella baia, l'intera cittadinanza, all'unisono, si era opposta. Non per fargli un dispetto, no: la marea sommergeva lo scoglio due volte al giorno e perciò la casa sarebbe stata sempre allagata!

I cittadini avevano insistito e si erano prodigati in mille discorsi e proposte alternative per far desistere il forestiero da quell'idea balzana. Balzana e pericolosa! E tuttavia non c'era stato niente da fare.

Commosso da tanta preoccupazione nei suoi confronti, lo Smemorato aveva ringraziato tutti e per tranquillizzare la comunità aveva spiegato che la scelta non era stata casuale: per quel che ricordava, aveva sempre vissuto con i piedi nell'acqua e gli abiti umidi, e perciò sarebbe stato strano e doloroso per lui interrompere quell'abitudine.

Agli abitanti del villaggio non era rimasto che abbassare la testa e offrire quanto più aiuto possibile.

Chi aveva una barca, lo aveva aiutato a trasportare

il materiale. Il falegname gli aveva costruito un bel tavolo e un armadio solido per arredare un poco le stanze, gli uomini della sua stazza gli avevano donato abiti, altri gli avevano offerto occasioni di lavoro, le signore gli avevano portato utensili, coperte e lenzuola. Col suo modo discreto e sincero, lui aveva ringraziato tutti e per sdebitarsi s'era offerto di lavorare per chi ne avesse avuto bisogno. Quando gli avevano chiesto cosa sapesse fare, e soprattutto cosa gli sarebbe piaciuto fare, lui aveva risposto: "Amo il mare!".

Era bastata una sola prova per convincere tutti che, almeno questo, era vero. L'uomo che non ricordava il proprio nome, ma sosteneva di essere un marinaio e forse anche un comandante di grandi navi, conosceva il mare come le sue tasche. Il gentile forestiero sapeva navigare ed era un astuto pescatore. Inoltre, fatto quanto mai bizzarro, quando saliva su una barca, anche piccola come una vasca da bagno e con una sola pagaia, immediatamente prendeva a dare ordini. Così, gli uomini lo avevano soprannominato *Il Capitano*.

Il Capitano non aveva una barca sua, ma la desiderava con tutto il cuore. E la cercava.

Un giorno, mentre percorreva la costa raccogliendo legna da ardere, aveva notato un relitto abbandonato, una vecchia barca da pesca, un gozzo. Era in secca da molti anni e i gatti la usavano per sonnecchiare al sole e dare alla luce i gattini al riparo dai gabbiani.

Al Capitano non era parso vero. Lasciate le ceste, s'era avvicinato per prendere visione dei danni, ma subito un verso inconfondibile gli aveva stretto il cuore. Mamma gatta e sei micini lo fissavano con timore da sotto il sedile di prua. Un altro li avrebbe cacciati, lui aveva adottato l'intera famiglia.

Dopo aver trasportato mamma e piccoli nella baracca, li aveva sistemati in una comoda cuccia vicino alla stufa. Sarebbero stati i primi di una lunga serie di randagi che il Capitano avrebbe salvato e adottato per tutta la vita.

Più randagio di tutti però sembrava il vecchio barcone.

Abbandonato al sole sulla striscia di terra che separa il porto dalla spiaggia, aveva trovato il sollievo di un po' d'ombra solo quando un cespuglio di ginestre gli era cresciuto accanto. I rovi di more l'avevano invaso e il tempo e l'incuria avevano scrostato la vernice un tempo bianca e verde. Non aveva un nome.

Talbooth lo aveva ripulito dalle erbacce e con piacere aveva scoperto che chi l'aveva abbandonato aveva avuto la pietà di posarlo su dei tronchi e non sulla terra viva, cosicché le assi non erano marcite.

Non solo. Aveva anche scoperto che l'intero fasciame era di ottima quercia, dunque una barca robusta e pesante. Il fondo presentava due grosse falle, ma niente che lui non avrebbe potuto riparare.

No, no, no, era una gran bella barca che chiedeva a gran voce di tornare in acqua e il Capitano l'avrebbe accontentata!

Con pazienza, sotto l'occhio vigile di un gabbiano curioso e di quello pigro della gatta, il Capitano s'era messo al lavoro.

Il mattino del varo era arrivato e il nome non era ancora stato scelto. Poiché una barca senza nome non può prendere il mare, Talbooth s'era acceso la pipa e s'era seduto a pensare. Che nome poteva dare a quel grosso barcone dall'aria tranquilla e pacifica? Era stato paziente con lui, lo aveva lasciato lavorare, si era comportato bene, mai un capriccio, una resistenza. Fin da subito aveva dato prova di riconoscenza e non serbava alcun rancore verso gli uomini che pure l'avevano abbandonato e si erano dimenticati di lui. "Fosse stato un uomo sarebbe stato un santo", così pensava il Capitano e con un pennello intriso di vernice bianca, in un bel corsivo, glielo aveva scritto sulla poppa: *Santuomo*.

Gli anni erano passati e in quegli anni il Capitano aveva raccontato molte storie, a cui nessuno, naturalmente aveva mai creduto.

Finché una sera, una delle ultime della sua vita, Talbooth aveva lasciato entrare i ragazzi nella sua baracca. Non era mai accaduto prima!

Seduto sulla vecchia sedia accanto alla stufa con

un gatto in braccio, aveva poi raccontato una storia. Non una dalle solite avventure mirabolanti, di quelle che i ragazzi erano soliti ascoltare, no. Quella sera, il Capitano aveva raccontato la storia dell'*Isabella II*...

TRE

L'Eredità di un Re

L'ULTIMA STORIA DEL CAPITANO

"Raccontaci di nuovo dell'*Isabella II*, Felì. La storia grazie alla quale i ragazzi capirono che Talbooth era stato davvero un Capitano. È tanto avventurosa e anche tanto triste, ma ci piace ascoltarla..."

Con la musica del suo amato grammofono in sottofondo, il Capitano aveva raccontato ai ragazzi di quando un giorno era salpato a bordo della nave più bella del mondo, una dama del mare, forte e slanciata, leggiadra e guerriera. Aveva narrato di quanto fosse fiero e felice di esserne il Comandante e aveva descritto uno per uno gli uomini più fidati che formavano il suo equipaggio: il cuoco Potato, chiamato così per via della sua faccia pallida come la buccia di una patata, il secondo ufficiale in comando, l'onesto signor Torrel, il capo-nocchiere, ottimo uomo di mare, il signor Peppop, l'ufficiale di rotta, il signor Lewis... Erano morti tutti, così aveva detto il Capitano. Chi durante l'agguato che i pirati avevano teso all'*Isabella II* per via del prezioso carico che trasportava, chi durante il drammatico naufragio che la nave, in preda a una tempesta, aveva fatto pochi giorni dopo, proprio davanti alle coste di Fairy Oak, o meglio davanti a Capo Aberdur, dove oggi sorge un faro.

Al Capitano s'erano inumiditi gli occhi. Solo lui s'era salvato, ma non l'aveva mai considerata una fortuna, tutt'altro. S'era sempre rammaricato di non essere riuscito a salvare nessuno se non se stesso e di non aver saputo evitare l'assalto nonostante ci fossero stati ampi segnali di pericolo.

Alcuni giorni prima del loro abbordaggio, infatti, Talbooth e il suo equipaggio erano incappati nei resti in fiamme di un'altra nave, il brigantino *Sunboat* comandato dal capitano Charles Albert Bullet, un caro amico di Talbooth. Morto anche lui.

Il Capitano aveva descritto ai ragazzi la tristezza nel ritrovare il berretto che galleggiava fra casse e barili e pezzi di fasciame in fiamme. Solo la poppa era rimasta intatta e come una balena ferita a morte, muta e rassegnata andava alla deriva mostrando al cielo il nome della nave.

Poco dopo, anche l'*Isabella II* era stata data alle fiamme dai pirati, ma non era affondata né s'era spezzata. Talbooth aveva raccontato, con fiero orgoglio, il coraggio e la tenacia che i pochi uomini rimasti vivi avevano dimostrato nel salvare la dama del mare. A mani nude e forza di braccia erano riusciti a spegnere il fuoco. Ai tenaci poveretti era sembrata fatta, invece...

Il piccolo equipaggio aveva lavorato di giorno e di notte, senza mangiare né dormire, per rimettere la nave in condizioni di navigare, ma questa non ne voleva più sapere. L'*Isabella II* non aveva più risposto ai comandi del suo Capitano e così, nonostante gli sforzi di Talbooth, che mai s'era rassegnato, al fuoco era seguita una lunga deriva che li aveva portati sempre più a nord e vicini al gelo dell'inverno. Finché una tempesta li aveva intrappolati in quella che il Capitano aveva descritto come la notte più lunga della sua vita.

Quel che era successo dopo il naufragio, lo sapevano tutti.

Ascoltando il racconto di Capitan Talbooth, i ragazzi avevano avuto l'impressione che la voce roca, le mani grandi, ruvide e secche come le suole, il ventre tondo, la bocca sdentata e gli abiti rappezzati del vecchio uomo di mare lentamente si fossero fatti trasparenti e che al loro posto fossero comparsi abiti sontuosi. Il loro Capitano aveva all'improvviso l'aspetto di un re. E d'altronde, non era la baracca di un vagabondo, stanco e confuso, quella in cui si trovavano. Piuttosto un piccolo regno, splendido, ordinato e ricco di ricordi, che poteva appartenere solo a un grande viaggiatore.

Che sorpresa era stata entrarvi!

Alla fine del racconto nessuno aveva più dubitato di Talbooth. Non aveva mentito un solo giorno. Lo era stato davvero un Capitano!

E da Capitano, da eroe, da re, se n'era andato alcuni giorni dopo. Ma non prima di aver pensato a ciascuno di loro.

Uno per uno li aveva contati, i suoi ragazzi, nelle ore prima di morire, e a ciascuno aveva lasciato un oggetto, un pensiero speciale!

Prima, però, molto prima, li aveva uniti. Anche ora che lui non c'era più, i ragazzi si sentivano legati l'uno all'altro dai suoi racconti, dai suoi insegnamenti, dall'affetto che avrebbero sempre provato per quel grande uomo.

La Banda del Capitano, così si chiamavano ora i ragazzi di Fairy Oak. Lui li aveva fatti sentire importanti e loro non lo avrebbero mai dimenticato.

A Grisam Burdock aveva lasciato un baule…

QUATTRO

Un Baule di Segreti

SEI CASSETTI E UNA DIVISA

"Stavi dicendo che i ragazzi erano nella grotta e avevano aperto il baule. Racconta, Felì, cosa c'era dentro? Oro, gioielli, che cosa, Felì?"

Né Grisam, né tanto meno le ragazze, avevano mai visto l'interno di un baule da viaggio prima di allora. Per dirla tutta, non sapevano neppure cosa fosse un baule da viaggio. Di certo nessuno di noi immaginava di trovarsi davanti... un armadio! Piccolo, ma perfetto: da un lato i cassetti, di legno, lucidi e bellissimi, dall'altro un'asta dalla quale pendevano alcuni ometti di legno, due abiti scuri, un bel giaccone blu e una divisa da Capitano.

Altro che roba ammucchiata! In tutta la mia vita non avevo mai visto tanto ordine in così poco spazio e mai tanto poco spazio così ben organizzato!

I cassetti, sei, portavano piccole etichette che ne indicavano il contenuto: sul primo in alto c'era scritto "Toiletta". Grisam fece per aprirlo, ma qualcosa lo bloccava. Una cerniera di metallo sottile attraversava tutti e sei i cassetti in senso verticale e grazie a un semplice, ma efficace sistema di asole, ne impediva l'apertura.

- Forse il baule rimaneva aperto nella cabina e la cerniera serviva a far sì che i cassetti non si aprissero quando la barca s'inclinava - commentò Grisam. Notò che, in origine, dovevano esserci stati anche dei lucchetti che bloccavano l'asta a ciascuna delle asole: un ulteriore sistema di sicurezza, probabilmente. Chissà se il Capitano li aveva tolti per rendere più facile il compito dei ragazzi? Il giovane sfilò delicatamente la cerniera e riprovò ad aprire il primo cassetto.

- Cosa c'è dentro? - chiese Vaniglia. Come gli altri, s'era fatta da parte per lasciare a Grisam il diritto di scoprirne per primo il contenuto, ma la curiosità stava prendendo il sopravvento.

- Il cassetto è diviso in scomparti - rispose il mago visibilmente emozionato. - C'è... una spazzola - e la mostrò alle amiche - un pettine d'avorio, una scatolina che contiene... un sapone.

- Fai sentire... È buono?

Grisam passò la scatolina a Pervinca che l'annusò e a sua volta la passò a Vaniglia.

- Uhm, è buono, sa di pulito, sa di...

- Sa di Capitano! - la anticipò Pervinca.

- Davvero? - chiese Flox. - Posso sentire?

Un'altra annusatina e…

- È vero! - esclamò Flox. - Ecco, adesso mi viene il magone!

- Poi? Poi? - chiesero le ragazze in coro. - Che altro c'è?

Grisam si sollevò in punta di piedi: il cassetto aveva il bordo alto e questo rendeva difficile vedere gli oggetti al suo interno.

- Un olio, forse per i capelli, uno spazzolino da denti e… questo cos'è? Ah, uno specchio. Che bella cornice ha, è d'argento. Dietro ci sono incise due iniziali, però non sono le stesse del baule… guardate…

- A.T. - lesse Vaniglia. - E invece quelle sul baule sono?

- C.W.E.T. - rispose Grisam. - Capitan William E. Talbooth. Tutte diverse.

- La "E" per cosa sta? - chiese Shirley. Grisam scosse la testa.

- Forse lo specchio è un regalo e queste sono le iniziali di chi gliel'ha donato - disse Vaniglia.

- O di chi doveva riceverlo.

- Sì, può essere - replicò il giovane mago. - C'è poi una scatola da rasoio… Anche questa è d'argento e porta le iniziali del baule. Dentro ci sono un bel rasoio e un affilarasoio… sembrano preziosi.

- Ehi, questo cos'è? - chiese Pervinca prendendo in mano un vasetto di vetro lavorato. Vinte dalla curiosità, le ragazze s'erano avvicinate al baule e cominciavano ad allungare le mani. Grisam non disse niente, si limitò solo ad alzare gli occhi al cielo con l'espressione di chi sapeva come sarebbe andata a finire ed era già rassegnato.

- È un portasapone da barba - sospirò. - Si vede che voi non dovete farvela tutti i giorni.

- Perché, tu sì? - chiesero, ridendo tutte insieme.

- Be', presto dovrò cominciare e mio padre mi ha già fatto fare alcune prove.

- Fa male? - chiese Flox.

- No, è piacevole e dopo si ha una bella sensazione di fresco.

- Magari un giorno provo anch'io.

Questo li fece ridere ancora di più.

- Flox, tu sei una ragazza!

- E allora? - rispose lei guardandosi nello specchio del Capitano. - Ho tanti peli sulla faccia quanti ne ha Grisam, perché non dovrei provare?

- Oh, fai un po' quello che vuoi, tanto lo farai lo stesso. Apriamo il secondo cassetto? - propose Vì.

- Fate voi, io voglio vedere la divisa - disse il giovane, e lasciò spazio alle ragazze perché si divertissero.

Pervinca aprì il secondo cassetto e tutt'e quattro le streghette si affacciarono sul minuscolo universo di passato e misteri.

- UAO! Qui ci sono gli oggetti personali del Capitano, Grisam, non vuoi vederli prima tu? - chiesero per gentilezza.

"No" fece lui con la testa e aggiunse: - Li guardo dopo, voi però non rompete niente e prima di aprire gli altri cassetti assicuratevi di aver rimesso a posto gli oggetti che tirate fuori.

- Certo, capo! - rispose Pervinca battendo i tacchi e portandosi la mano alla fronte in segno di rispetto e obbedienza. Glielo aveva insegnato Talbooth. - Guardiamo e rimettiamo subito a posto... Oh, e questa?

Spuntava da sotto una sottile pila di fazzoletti bianchi ben stirati.

- È una busta! - disse Vaniglia.

Grisam lasciò perdere la divisa e raggiunse le ragazze.

- Tieni - gli disse Pervinca. - Questa devi aprirla tu.

Era molto vecchia e rovinata e la lettera che conteneva si leggeva appena. Una sola pagina, scritta con calligrafia gentile e curata. Purtroppo però l'umidità aveva bagnato l'inchiostro e alcune parole erano sbiadite. Qua e là invece sembrava che vi fosse piovuto sopra poiché le macchie erano perfettamente tonde, come gocce di pioggia.

Le prime parole, quelle con cui la lettera cominciava, erano perfette e chiare: "Mia adorata...".

Come Grisam le lesse ad alta voce, Vaniglia si portò le mani al cuore.

- È una lettera d'amore! - esclamò estasiata. - È per il Capitano?

- No, è per una donna…

- Allora l'avrà scritta lui!

- È possibile - rispose Grisam. - Alcune parole sono quasi illeggibili. Questa per esempio… Sembra "amore" o, "ancora"…

- Forse è "àncora". "Mia adorata, leviamo ora l'àncora…"

- Flox! - protestarono i ragazzi.

- Potrebbe essere benissimo, era un Capitano di Marina.

- Oh, io vorrei che fosse "amore" - sospirò Vaniglia.

- Perché?

- Be', sarebbe bello scoprire che il Capitano amava qualcuno, no?

- Ma se amava la donna a cui ha scritto questa lettera, perché poi non gliel'ha spedita? - chiese Pervinca e non era una domanda stupida.

- Forse la amava, ma temendo di non essere riamato non ha avuto il coraggio di spedirla - ipotizzò Grisam.

- Fate così voi maschi? - chiese Vaniglia, evidentemente interessata all'argomento. Grisam annuì.

- Qualche volta è molto difficile confessare quello che si prova e voi ragazze sapete essere tremende. Perciò uno fa prima a rinunciare.

- Ma senti... E non potrebbe essere che qualcuno che ti piace non ti rivolge la parola perché a sua volta pensa di non piacerti?

Pervinca tossì nervosamente.

- Potremmo andare avanti? - chiese annoiata. - Mi sta spuntando la muffa.

- Aspetta, devo capire questo…

- L'unico modo per saperlo è fare il primo passo - disse Grisam.

- Cioè dovrei essere io… voglio dire… dovrebbe essere la ragazza a dichiararsi al ragazzo? - Babù fece una smorfia. - Mai!

- Be', può non dirglielo e farglielo capire.

- E come?

- Per esempio scrivendogli una lettera che si legga e spedendogliela! - esclamò Pervinca ormai al limite della pazienza. - Se non avete ancora finito con questi discorsi, potreste gentilmente passarci la lettera? Vorremmo provare a leggerla, grazie!

Grisam guardò Vaniglia con l'espressione che diceva: "Capisci cosa intendo?".

- Oh, molte grazie - disse Vì prendendo la lettera che Grisam le porgeva.

- Dunque, leggiamo: "Mia adorata Anna, finalmente trovo il tempo per scrivervi…" si davano del voi? Allora si conoscevano poco!

- Be', non è detto - spiegai io - molti anni fa era normale darsi del voi anche fra membri della stessa famiglia.

Pervinca riprese a leggere dal principio.

CINQUE

La Prima Scoperta

UNA LETTERA MISTERIOSA

"Una sola cosa esiste più interessante di una lettera misteriosa: una misteriosa lettera d'amore..."

"18 gennaio

Mia adorata Anna, amore mio,

finalmente trovo il tempo per scrivervi.
Sapete ormai troppo bene quanto convulsi e frenetici siano i giorni prima di ogni partenza.
A complicare le cose, questa volta ci si è messo anche il Vicerè di [illegible] *che vorrebbe affidarci un prezioso carico. Non immaginate quanti timbri, permessi e assicurazioni servano per caricare a bordo casse con simili preziosi!*
Spero di riuscire a partire entro la fine di questo mese e giungere a casa in tempo per festeggiare con voi la primavera.

Come state, mia amata?

Siete stanca dell'inverno?

Come stanno i ragazzi? Vi fanno disperare?

Emily ha cominciato la scuola? E Stewart, è un bravo ometto? La nostra Sophie camminerà adesso, e il piccolo Robin? L'ho visto appena.

Sapeste come fremo all'idea di rivedervi, prego che passino svelti i giorni che mi separano da voi tutti!

Porto con me alcuni regali: dei giocattoli e diversi libri per i nostri figli, che spero apprezzeranno, e una piccola sorpresa per voi.

So cosa starete pensando, che spendo i soldi della nostra futura casa, ma vedrete che ho speso con giudizio; il mio unico desiderio è fare la vostra felicità.

Voi preparate i bagagli e impacchettate i mobili, che io arrivo. Ah, lasciate pure indietro i vecchi canovacci e le tovaglie: qui vendono il miglior lino che si possa trovare e ai prezzi più convenienti. Il nostro cuoco, il signor Potato, dice che è perfetto per la cucina e la tavola e così, mentre vi scrivo, lui è già al lavoro. Vi ho mai detto che il caro signor McWell, detto Potato per via del suo pallore, cuce quasi meglio di come cucina? Ci si diletta a tempo perso e noi ne siamo ben felici.

Gli ho commissionato una tovaglia, dodici tovaglioli e cinque canovacci e su tutti ho chiesto che ricamasse le vostre iniziali. McWell è stato un dono del cielo, mio angelo, da quando lui è a bordo sono spariti i pidocchi e mangiamo come re. Temo, cara, che mi troverete un po' ingrassato. Mi amerete lo stesso come io amo voi?"

Vaniglia sospirò. Pervinca prese fiato e continuò.

"Stamattina abbiamo avvistato una goletta al largo di Capo [illegible] e Torrel, il mio secondo, giura che sia una delle nostre. Dovrebbe giungere in porto prima del tramonto. Se così è, prego che porti vostre notizie.

Ora vi lascio, moglie mia.

Affiderò questa lettera a Charles che salperà domattina a bordo del Sunboat. Charles è il solo a sapere del nostro carico: mi fido di lui, è un caro amico.

Con immutato amore, per sempre vostro,

Edward".

- Edward? - esclamò Vaniglia. - Pensavo fosse una lettera di Capitan Talbooth. Chi è questo Edward?

Pervinca alzò la testa dalla lettera con l'aria pensierosa.

- *Sunboat*, Potato... Non vi sembrano nomi familiari?

- Il *Sunboat* era il brigantino che i pirati hanno affondato prima di assalire l'*Isabella II*, quello comandato dall'amico del Capitano... Bullet, mi sembra si chiamasse - disse Vaniglia.

- Charles Edward Bullet - precisò Flox. - Potato e Torrel invece erano rispettivamente il cuoco e il Secondo Ufficiale di Talbooth.

- Eh, già - commentò Vì perplessa. - Chissà chi è allora questo signor Edward che scrive come se fosse stato lui il comandante dell'*Isabella II*...

- Forse è un amico.

- È finita?

- No, c'è un altro pezzo, un'aggiunta. È del giorno dopo. Dice:

"19 gennaio

Cara Anna, aggiungo due righe per informarvi che il Sunboat è salpato all'improvviso ieri notte, nonostante il mare sia molto ingrossato e soffi un forte vento da nord. Pensate che hanno addirittura lasciato a terra quel vagabondo di..."

Pervinca s'interruppe. Improvvisamente era pallida come la nebbia.

- Che c'è? Perché ti sei fermata? - le chiese Babù.

Mordendosi nervosamente le labbra, Vì le passò la lettera.

Vaniglia cercò rapidamente il punto e rilesse velocemente sottovoce:

"Cara Anna, aggiungo due righe per informarvi che il Sunboat è salpato all'improvviso ieri notte, nonostante il mare sia molto ingrossato e soffi un forte vento da nord. Pensate che hanno addirittura lasciato

a terra quel vagabondo di...”

- ... TALBOOTH! Ma è impossibile! - esclamò esterrefatta.

Flox per poco non si ribaltò dalla cassa. - Hai letto male! - disse.

- No, c’è scritto proprio così: “Hanno addirittura lasciato a terra quel vagabondo di Talbooth che...”

“... al solito se ne andava a zonzo per i vicoli. Così alla fine ho deciso di prenderlo a bordo io.
Dovreste vedere la fame che ha quel pulcioso!
Però è sempre allegro e gentile e l’equipaggio dell’Isabella II gli si è già affezionato.
Se lo vedeste converreste con me che somiglia in modo incredibile al vecchio Broom, però da giovane”.

- Ci deve essere un errore - disse Grisam, sorridendo nervoso. - L’umidità ha alterato l’inchiostro, certe parole sono cancellate, mancherà qualche lettera...

Vaniglia scosse la testa.

- No, no, ed è anche peggio... Sentite qui come conclude:

“Purtroppo non ho potuto affidare la mia lettera a Charles. So però di un altro bastimento in partenza domani e parlerò col Capitano perché porti la nostra posta.

Purtroppo Torrel si è sbagliato; la goletta di cui vi ho scritto batte bandiera straniera. A bordo abbiamo trovato solo pochi uomini scampati per miracolo alla ferocia dei pirati che hanno assalito la loro nave. Erano feriti e affamati. Il nostro medico e il cuoco McWell sono ora a bordo per soccorrerli.

Ora vi lascio davvero. E mentre cercherò qualcuno che vi porti questa lettera, mi consolerò al pensiero che la prossima volta che avrò vostre notizie sarete voi a darmele, mentre io vi terrò stretta fra le braccia.

Vi amo, Anna.

Prendetevi cura di voi e date un bacio ai bambini.

Capitano W. Edward Temby,
Comandate dell'Isabella II
al Servizio della Reale Marina di Sua Maestà"

Vaniglia passò la lettera a Grisam perché leggesse da sé, mentre Flox scuoteva la testa.

- Nooo, no, no, è un falso - si diceva da sola.

- È stampato qui in fondo - replicò Babù. - Come fosse la sua carta da lettere.

Grisam rilesse tutto da capo, in silenzio, e quando arrivò in fondo pronunciò ad alta voce solo le iniziali del nome stampato a pie' di pagina: - C.W.E.T., le stesse iniziali del baule - disse. E non erano le uniche cose a coincidere. Gran parte di ciò che il misterioso

Capitan Temby riportava nella sua lettera corrispondevano al racconto di Capitan Talbooth: i nomi e i ruoli dell'equipaggio, l'imbarco delle casse dal prezioso contenuto… Tutto, tranne… quelle parole: "Talbooth… il vagabondo, pulcioso...", com'era possibile? Il Capitano aveva dunque mentito? Non era mai stato il Comandante dell'*Isabella II*?

- Sarà meglio tornare a casa adesso - disse Grisam brusco, ripiegando la lettera. - È già buio e nevica da ore.

Richiuse il baule e, senza più parlare, seguì le ragazze fuori dalla grotta.

SEI

Qualcuno Parte

E NON UNO QUALUNQUE...

"Ricordiamo bene cosa ci scrivesti a proposito di Jim: '... Ci guardava spaesato, con gli occhi più dolci e smarriti che avessi mai visto, morbidi e scuri come quelli di un cerbiatto. Era alto e armonioso, con un sorriso che da solo illuminava la stanza. Sarà che invece di ribellarsi e battere i pugni, stava zitto e ascoltava... Sarà stato l'entusiasmo dei ragazzi... Sarà stato quel che sarà stato, io ero già dalla sua parte. Non poteva essere un nemico...'. Queste esatte parole, Felì..."

- Mi sembra di sentire la voce di tuo zio che ti chiama, Grisam - disse Pervinca. - La sentite?

Davanti a noi c'era la Valle innevata. Il riverbero rischiarava la notte e si vedevano bene gli alberi, i candidi dossi, il ponte sul torrente e, più giù, i tetti del villaggio, bianchi, e il mare argentato.

I ragazzi affondavano fino alle ginocchia e nonostante questo correvano, sollevando nubi leggere di neve finissima.

Giunti a un grande faggio salutarono Shirley che da lì, in volo, avrebbe raggiunto Frontebosco, nell'altra valle. La fanciulla abbracciò gli amici, avvisò il topolino Mr Berry di tenersi stretto ai capelli, prese in braccio Barolo e, agitando la mano in segno di saluto, diventò presto un puntolino lontano nel cielo grigio.

La voce del signor Burdock echeggiò a quel punto chiara e forte nell'aria. I ragazzi erano in ritardo e il tono dello zio di Grisam non prometteva niente di buono.

Entrando nel villaggio, svoltarono subito nella via che conduceva alla casa dei Burdock. Li seguiva il rumore sordo dei loro passi frettolosi, attutiti dal bianco fondo compatto. Con acrobatico equilibrio, scesero di corsa gli scalini gelati, Grisam li saltò addirittura e in scivolata giunse fino alla porta di casa, finendo dritto dritto fra le braccia di suo zio.

- Che diavolo… Ah, sei tu! - esclamò il gigantesco mago restando in piedi per miracolo. - È l'ora di arrivare?

- Hai ragione, scusa.

Grisam notò in quel momento che suo zio portava sulle spalle due delle loro selle di cuoio e le briglie per i cavalli. Anche Vaniglia lo aveva notato.

- Dove vai? - gli chiese.

- Accompagno Jim al Passo - rispose sintetico il signor Duff.

- Perché?

- Perché Cicero ha detto che c'è pericolo di valanghe e il Passo chiuderà presto.

- No, io intendevo dire perché accompagni Jim? Cosa c'entra lui col Passo?

- Torna a casa.

- Chi? - chiese d'impulso Vaniglia.

- Jim!

La giovane strega lanciò uno sguardo disperato a sua sorella.

- Jim parte? - chiese Pervinca, intuendo la richiesta.

- La sua famiglia lo aspetta - rispose il mago caricandosi sull'altra spalla una grossa sacca.

- Non ci ha detto niente, pensavamo sarebbe restato ancora un po' qui con noi...

Il signor Duff scosse la testa.

- In un'altra stagione forse, ma con questa neve rischia di rimanere bloccato fino a primavera.

- E sarebbe un problema?

- Direi di sì. Immagina come starebbero i tuoi genitori se tu... - il signor Burdock s'interruppe. Stava ponendo la domanda alla ragazza sbagliata. - Voglio dire... Tu sai come si sta a casa quando qualcuno sparisce per troppo tempo...

- Già - rispose lei sorridendo a labbra strette. Si volse verso Vaniglia: che altro c'era da dire? Jim tornava a casa. Quella notte stessa.

Il bel forestiero, l'inventore che veniva da lontano e che grazie a un geniale progetto di difesa, durante l'ultima battaglia con l'antico Nemico, aveva partecipato alla difesa del villaggio, comparve in quel momento sulla porta con una grossa borsa di tela pesante. Era pallido e sembrava triste. I suoi occhi corsero a Vaniglia, lei arrossì e abbassò lo sguardo. Ma solo per un istante. Trovando forse in quell'ultimo momento il coraggio di rivelare i propri sentimenti, quasi subito rialzò i grandi occhi verdi e lo fissò a sua volta, seria.

- E quand'è che avresti deciso di partire? - domandò Grisam chiaramente seccato. Jim sobbalzò.

- Io...

- Lo avevi già deciso stamattina, vero? Per questo non sei voluto venire alla grotta! Bel tipo, sei. Se avessimo tardato cinque minuti non ti avremmo più visto. Saresti partito senza neanche salutarci...

Di nuovo Jim guardò Vaniglia ed era evidente che le stava chiedendo scusa. Lei però gli voltò le spalle. Grisam aveva detto il vero, sarebbe partito senza dirle neppure una parola. A che scopo dunque guardarla in quel modo adesso e metterla in soggezione?

- Forza, ragazzo, saluta o fra poco non riusciremo neppure a uscire dal villaggio - intervenne il signor Burdock, portando i cavalli già sellati. - È ora.

Pervinca diede uno scossone a Vaniglia.

- Che aspetti? - le chiese sottovoce. - Parlagli, no?!

- Non posso - rispose piano Vaniglia. - Non mi escono le parole, e poi sono arrabbiata con lui, non riuscirei a essere gentile.

Jim intanto era già in sella, ma i suoi occhi da cerbiatto non l'avevano mai lasciata. Potevo sentire il suo cuore battere forte e per la prima volta sperai che una valanga chiudesse Passo Alto per sempre.

Il signor Duff forse comprese quel che stava accadendo poiché afferrò le briglie del cavallo di Jim e se lo trascinò dietro.

- Non preoccupatevi per lui - disse - lo seguirò finché sarà su una strada sicura e veglierò su questa testa calda come fareste voi.

Fu un addio silenzioso e surreale.

Jim prese le briglie e, a passo lento, seguì il signor Burdock fuori dal villaggio. La neve attutì il rumore degli zoccoli. I ragazzi alzarono una mano in segno di saluto. Tutti tranne Vaniglia che non sollevò più gli occhi. Lui invece continuò a fissarla finché la strada non curvò.

SETTE

La Promessa Solenne

NON UN ADDIO, MA UN ARRIVEDERCI

"Ecco qua, ce l'hai fatta e proprio sotto il naso. Le notizie peggiori che potessi darci, Felì. E noi che sospiravamo leggendo le tue lettere che narravano dell'amore che nasceva..."

Quando Jim non fu più in vista, Pervinca prese per una mano Vaniglia.

- Vieni, andiamo - le disse gentile.

Grisam accanto a loro non aveva ancora smesso di guardare il fondo della via. Aveva un'espressione incredula e si grattava la testa sotto il cappello senza riuscire a comprendere.

- Che tipo strano - bofonchiò fra sé e sé. - Solo ieri combattevamo fianco a fianco e vivevamo come fratelli e ora se ne va così.

- Be', non che noi siamo stati tanto loquaci - commentò Flox.

- Già - le fece eco Pervinca. - Be', ora è tardi davvero e a casa saranno tutti furiosi. Andiamo, Babù?

Vì non era tipo da crogiolarsi nel tormento e non sopportava troppo che lo facessero gli altri. Sua sorella soprattutto. Voleva che reagisse e desiderava aiutarla, ma cosa poteva dire per curare la tristezza che Babù aveva nel cuore? Una cosa c'era e infatti Pervinca la disse.

- Stanotte dormiamo insieme?

Mi commosse perché Vì detestava dormire in due nello stesso letto, aveva bisogno di spazio, lei. Di notte si rotolava e si avvolgeva nel lenzuolo, scalciava e un soffio bastava a svegliarla. A Vaniglia invece piaceva molto dormire con Pervinca perché, stando vicine, le due sorelle potevano parlarsi e raccontarsi i loro segreti.

- Sai - stava infatti aggiungendo Pervinca - devo raccontarti una cosa che…

- …Non ci crederai mai, Babù! - esclamò in quell'istante Grisam buttando il cappello per terra e scoppiando a ridere. Pervinca lo fulminò.

- E tu cosa sai di quel che le devo dire?

- Io? - fece lui sorpreso. - Niente! Dicevo solo che non crederà mai a… quello!

Un cavallo galoppava a tutta velocità verso di noi.

- JIM! - esclamò Vaniglia. - Così si ammazzerà!

- Soprattutto ammazzerà il cavallo - commentò Vì.

Altro che cavallo! Flox e le gemelle dovettero appiattirsi contro la porta per non essere travolte, mentre io evitai per un soffio un secchio calciato via da uno zoccolo. La povera bestia scivolava sul ghiaccio e Jim non riusciva più a controllarla. Per fortuna Grisam riuscì ad afferrare le briglie e a fermare quella trottola impazzita. Come il cavallo fu finalmente fermo sulle quattro zampe, Jim salto giù e corse da Vaniglia.

- Devo parlarti! - disse afferrandole le mani e portandola dove noi non potevamo sentire. Io... la seguii, naturalmente. Mi fermai giusto un po' più in qua, abbastanza vicina per intervenire e abbastanza lontana per lasciarli parlare serenamente. Anche se in verità Jim non era affatto sereno.

- Non ho tempo - disse - fra un secondo il signor Duff verrà a riprendermi. Perciò ascoltami e ti prego, se puoi, non farmi domande.

Vaniglia lo guardava con aria interrogativa e sognante. Jim prese fiato e chiuse gli occhi. Doveva essere chiaro e conciso e per questo doveva concentrarsi.

- Io non ho diciotto anni - così esordì - ne ho sedici! Sono scappato di casa perché ho scoperto che mio nonno era un... no, non è importante adesso. Quello che importa è che mi sono innamorato di te e... voglio sposarti!

Poco mancò che cadessi per terra.

- Jim, io sono troppo giovane - rispose la mia saggia, saggia bambina. - Non posso sposarti adesso, anche se, ecco...

- No, no, lo so - la rassicurò Jim. - Sono giovane

anch'io e poi ora devo partire, ma tornerò, sai...

- Perché mi hai detto di averne diciotto?

- Perché quando l'ho fatto, quando ieri ho dichiarato la mia vera età, QUESTO è stato il risultato! Mi spediscono a casa, capisci? Finché avevo diciotto anni potevo fare quello che volevo, ora che hanno saputo che sono "piccolo" vogliono che torni dai miei nonni.

- Be', hanno ragione in fondo, saranno molto in pensiero.

- Sì, magari un po', ma - Jim scrollò le spalle - non parliamo di loro adesso, io...

- DOV'È? - il vocione del signor Burdock tuonò fra le case.

«Oh, no!» pensai io.

- Oh, no! - si lamentò Jim sempre più affannato. - Vaniglia, dimmi che mi aspetterai. Io non ho mai conosciuto una persona come te. Tu sei dolce e intelligente e sensibile e coraggiosa e... bellissima.

Avrei voluto scomparire. Non volevo spiare quel discorso tenerissimo... Perciò feci per andarmene, ma proprio in quel momento lei parlò.

- Quel giorno, a casa della signora Pollimon, ricordi? - disse piano. - Io ho pensato che tu fossi... - si fermò per cercare la parola giusta. Cosa aveva pensato di lui? Che era bello? Perché lo era e molto. Che aveva lo sguardo caldo e spaesato di un cervo inseguito dai cacciatori? Perché era così. Che fosse forte e rassicurante? Lo era, moltissimo. Tuttavia Babù disse una cosa diversa. Lei disse: - ...perfetto.

Non si dissero più nulla finché la voce di Duff Burdock irruppe di nuovo in quel magico incanto.

- JIM BURIUM, VIENI SUBITO FUORI!

- Tieni - disse allora Jim consegnando a Vaniglia un minuscolo oggetto. - Tu sai a cosa è servita. Conservala finché sarò tornato. Me lo prometti?

- Te lo prometto - disse lei.

- Mi aspetterai allora?

- Ti aspetterò, Jim. Ma tu non fare tardi.

- Be', passerà un po'...

- Un po' quanto?

- Qualche anno...

- Qualche anno? - a Babù tremò la voce.

- Passeranno svelti, vedrai. Non devi pensarci, Babù, cioè, devi pensare a me, ma non al tempo che passa, capito? E tieni lontani gli altri pretendenti. Dì loro che sei già impegnata con me e che se si faranno avanti di nuovo, quando tornerò saggeranno la mia lama.

- Tu non hai una spada, Jim.

- Oh, ma per allora ce l'avrò e vedranno!

- QUEL RAGAZZO! SE LO PRENDO LO BATTO COME UN TAPPETO!

- Se non vado verrà LUI a prendermi - disse Jim tristissimo. Mi passarono davanti senza vedermi. Ed erano a un passo da me quando Jim diede un bacio sulla fronte di Vaniglia e sconsolato, a testa bassa, si avviò verso il piazzale dove lo attendeva il signor Burdock.

OTTO

La Strega e il Meteorologo

NUVOLE E INCANTESIMI

"Vedi che tante cose non le sappiamo, Felì? Questa per esempio: hai scritto molto riguardo ai genitori di Vaniglia e Pervinca, ma mai come si sono conosciuti e ora che ci penso, sono davvero curiosa di saperlo..."

Quella sera, a cena, mamma Dalia commentò a lungo la partenza di Jim e non nascose la sua preoccupazione. Disse che faceva freddo e che al Passo ne avrebbe fatto ancora di più; si domandò dove avrebbero dormito e fin dove Duff avrebbe accompagnato il ragazzo; cosa avrebbe fatto Jim una volta solo e perché avesse mentito sulla sua età.

Tomelilla ascoltava in silenzio, l'aria tranquilla e lo sguardo rivolto al piatto. Solo... di tanto in tanto i suoi occhi discreti fuggivano sul volto serio di Babù. L'insistenza di Dalia sui pericoli di quel viaggio e i continui riferimenti a Jim avevano accentuato il pallore della ragazzina.

- È un ragazzo solido - disse la strega - non c'è alcun motivo di preoccuparsi. Piuttosto, perché, Dalia, non racconti alle ragazze come vi siete conosciuti tu e Cicero?

Dalia rimase un pochino interdetta da quella richiesta: cosa c'entrava con quello che stava dicendo?

- Sono abbastanza grandi per conoscerla ed è così divertente! - insistette la zia.

Cicero sorrise e annuì.

- Lo è davvero - disse allegro. - Mi ricordo quel giorno in cui tu e io…

- Fermo là, Cicero Periwinkle! - lo ammonì sua moglie. - Bada bene a quello che stai per dire.

- Oh, non darle retta, pà! - intervenne Pervinca. - Continua, quel giorno in cui tu e lei?

- No, no, bisogna che parta dal principio. Dunque, dovete sapere che allora avevo vent'anni e non sopportavo le streghe…

A Dalia non rimase che alzare gli occhi al cielo e dare un pizzico a sua sorella per aver introdotto quell'argomento, mentre suo marito raccontava alle loro ragazze la storia di una strega dai capelli color biscotto e gli occhi nocciola che prima lo costrinse a dormire appollaiato su un tetto e poi conquistò il suo cuore.

Vaniglia ritrovò un po' del suo colore e si mise in ascolto.

- Durante gli ultimi anni dei miei studi, ero sempre

stato circondato dalle streghe - raccontò il signor Cicero. - Erano TREDICI nella nostra classe, su sedici che eravamo: un incubo! E per una mente scientifica come la mia, un incubo al quadrato. Si discuteva su tutto, non eravamo mai d'accordo su niente. Quel che per loro era magia, per me erano fenomeni. Qualunque esperimento di noi tre poveri maschi Nonmagici veniva messo in ridicolo dai loro incantesimi. Studiavamo il vento in laboratorio e loro creavano bufere; osservavamo le nuvole e loro ci facevano piovere in testa e per poco non fulminarono uno di noi. Se poi, preda di un'oscura follia, provavamo a corteggiarle, era una fortuna se si limitavano a guardarci dall'alto in basso e non ci trasformavano in spazzole da scarpe. Una volta laureato, giurai a me stesso che non avrei mai più frequentato una strega in vita mia.

Dalia sospirò.

- È proprio necessario? - chiese.

- Sì! - risposero le ragazze in coro. - Vai avanti, pà.

- La scuola finì con la consueta festa da ballo. Io, però, avevo deciso che non ci sarei andato. Mi sembrava una perdita di tempo e preferivo concentrarmi sul programma dell'estate. Avrei speso l'intero periodo sull'Isola di Strongcharles a studiare le nuvole con il mio compagno e amico Vic.

- Vic? Vic Burdock? Il papà di Grisam?

- No, no. Vic Burdock è di sicuro un caro amico,

ma le uniche nuvole alle quali è interessato si chiamano meringhe e hanno reso famosa la sua bottega di dolci. No, a quel tempo frequentavo Vic Pollimon, lo zio di Flox.

- E com'è andata sull'isola? Vi sarete divertiti un mondo - chiese Pervinca e aggiunse: - quando sarò più grande voglio farlo anch'io.

Vaniglia storse il naso.

- Spendere i mesi più belli dell'anno nel posto più inospitale della terra... quale sarà il divertimento?!

- Cumuli! - le spiegò Cicero. - Erano la nostra passione. Ci eravamo appena laureati in meteorologia ed entrambi eravamo appassionati di nubi, e di cumuli soprattutto. L'isola era il posto ideale per studiarli, con quelle sue montagne altissime...

- I cumuli quali sono, papà? Quelli grandi e pannosi?

- Oh, sì - rispose lui estasiato. - Cumulus Congestus, Cumulus Humilis, Cumulonimbus...

- Chiaro, chiaro - lo interruppero le ragazze prima che partisse con una delle sue lezioni - ma cosa c'entra la mamma con le nuvole?

- Vic filava con una ragazza e così mi convinse ad andare al ballo. Subito dopo saremmo partiti per la nostra vacanza. Per quasi tutto il tempo feci tappezzeria. Volutamente! Mi tenni ben distante da qualunque essere vivente indossasse un vestito frusciante e avesse negli occhi quella luce che voi ragazze avete quando state per rovinare uno di noi. Sapevo come andavano a finire quelle cose, l'avevo visto accadere tante volte: un tizio fa un programma, poi arriva lei e manda tutto all'aria, o peggio chiede di seguirlo. Dovevo stare attento. Così, striscio lungo i muri, mi mescolo ai gruppetti di intellettuali, che le ragazze non guardano mai, oppure me ne sto da solo in disparte, fra le piante del giardino. E così incontro vostra madre. Come me, anche lei si nascondeva. Tante volte l'avevo notata perché era bellissima e timida. Non la conoscevo di persona, però sapevo che era la sorella della famosa e potentissima strega Lillà dei Sentieri e per questo m'ero sempre tenuto a distanza. Quella sera, tuttavia, non fuggii, anzi. Alla luce della luna, con le ombre dei rami che le giocavano sul bel viso, mi dimenticai dei suoi poteri. Seduti sull'erba, concordammo che la musica era bella, ma impossibile da ballare e che c'era comunque troppa gente sulla pista, e così decidemmo di restarcene fuori dalla folla. Parlammo di esami, di professori, di fiori, delle lucciole che ci circondavano, del mare che era calmo, di amici comuni… Lei era dolce e naturale, allegra e spiritosa, elegantissima. Mi chiese dove avrei trascorso le vacanze e io, che ormai avevo perso il mio cuore per lei, dimenticando tutti i buoni propositi, la invitai sull'isola. Mamma rise e pensò che la stessi prendendo in giro. Per convincerla, cominciai a raccontarle delle nuvole e del mio desiderio di studiarle, della fatica che avevo fatto a scuola in mezzo a gente che negava la scienza, e parlando e parlando, arrivai a dire quello che pensavo delle streghe, ma non lo feci di proposito. Come ho detto, avevo dimenticato chi fosse lei e anche chi ero io, sentivo le farfalle nella pancia e...

- Le farfalle nella pancia? - fece Pervinca. - Cosa significa?

- Be', ecco - cercò di spiegare Cicero - è quello che si sente quando...

«Quando Grisam non viene a scuola e tu non sai dov'è» avrei voluto risponderle io. «Quando sai che passerà a prenderti e non riesci più a studiare. È ciò che sente Vaniglia ora e che a volte fa star male».

- ... Quando si è innamorati. Comunque, stavo diecendo che Mamma, non disse niente. Anzi, continuò a sorridere...

- Certo, ero innamorata anch'io - spiegò Dalia.

- Ma se non vi conoscevate neppure! - obiettò Pervinca.

- È vero, ma lo amavo già da molti anni. Allora non lo sapeva, ma io ero innamorata di lui fin da quando avevo più o meno la vostra età...

L'idea che la storia d'amore fra papà e mamma fosse nata quando Dalia aveva la loro età, accese ancora di più la curiosità nelle ragazze.

- Se tu avevi circa undici anni, papà quanti ne aveva? - chiese Vaniglia.

- Dieci di più - rispose Dalia. - L'avevo visto un giorno mentre, per guadagnarsi un po' di soldi, aiutava il nonno di Robin Windflower a tosare le pecore. Era forte, ma anche molto gentile, e faceva il possibile per non spaventare quelle povere bestie. Da quel momento non feci che incontrarlo dappertutto e ogni volta mi sembrava più bello. Un principe!

Le gemelle risero.

- No, davvero. Era bellissimo! - protestò la mamma.

- Non ridiamo per quello - spiegò Pervinca. - Papà è bello ancora adesso. Ridiamo per come l'hai detto: "Un principe!"

- Sicuro! Perché non solo era bello, era anche serio ed educato, molto alto e con un'aria così distinta! Inoltre sorrideva sempre. Quella sera, seduti su quel prato... ero così felice che avrei fatto qualunque cosa pur di conquistarlo.

- Anche rinnegare la tua "stregosità"? - chiese Vì, che evidentemente lo giudicava un gesto incomprensibile. Dalia si strinse nelle spalle.

- Ammetto di sì - disse, vergognandosi un po'.

Cicero non si lasciò impietosire.

- Eccome se lo fece! - esclamò. - Andai avanti mezz'ora come uno scemo a dirne di cotte e di crude sulle streghe, finché in un lampo di lucidità, mi ricordai con chi stavo parlando. Avrei voluto morire e pregai che il terreno si aprisse sotto di me.

E mi sarei buttato in ginocchio a implorare il suo perdono, se lei non m'avesse anticipato dichiarando che l'unica strega di famiglia era sua sorella, mentre lei non lo era affatto.

- MAMMA!

- E tu le hai creduto?

- In quel momento avrei creduto a qualunque cosa fosse uscita dalla sua bocca.

- E poi? - chiese Vaniglia.

- Poi, furba come solo una strega sa esserlo, mi rovinò la vacanza.

- Venne con te?

- Tutto l'opposto - rivelò Cicero. - Insistette affinché io partissi senza di lei, sapendo benissimo che in quel modo non mi sarei divertito. E infatti, non mi divertii. Ero geloso e le nuvole non mi interessavano più, volevo solo tornare dalla bella fanciulla senza poteri, ma lei mi lasciò ad aspettare fino all'autunno...

- Be', la scuola ricominciava e dovevo prepararmi - si giustificò Dalia. - Quel giorno faceva un freddo terribile e sapete papà dove mi portò? Al molo, a vedere la mareggiata.

- Oh, che romantico - sospirò Vaniglia che adorava le mareggiate.

- Romantico sarebbe stato se m'avesse scaldata col suo cappotto, o m'avesse stretta fra le braccia, invece di starsene con le mani in tasca a spiegarmi come si formavano le onde e come si misurava la loro velocità, eccetera, eccetera!

Cicero fece una faccia che diceva: "Figurati!".

- È tutto vero! Ero gelata e offesa e così dissi che volevo tornare a casa. Lui mi accompagnò e…

- Continua, continua - la sfidò a quel punto il signor Cicero ironico. - Dì loro cos'hai fatto.

- Io? Cos'hai fatto tu! Eravamo sulla porta: tendo la mano a papà per salutarlo e lui mi tira a sé e fa per darmi un bacio.

- Uao! Questo sì è romantico!

- Oh, no, non lo è - annunciò Cicero - perché prima che io potessi sfiorarla, lei mi aveva già trasformato in un pollo!

- Era un gabbiano - precisò Dalia. - Il fatto è che non me l'aspettavo, era il primo bacio della mia vita e io… non sapevo come ci si dovesse comportare in quei casi. Mi ha preso il panico, si capisce.

- Oh, mamma! Davvero dopo avergli detto che non eri una strega, l'hai trasformato in un gabbiano?

- Sì - rispose Cicero. - Sono dovuto andare a dormire sul comignolo dei Burdock per non morire di freddo!

- Però la mattina dopo sono venuta a cercarti, con Lillà, e lei ti ha ridato il tuo aspetto. E per quanti giorni mi sono scusata?

- In realtà - intervenne a quel punto Tomelilla - sapete bene che vostra mamma fece ben più che scusarsi. Per amore di vostro padre rinunciò ai poteri, anche se lui - si voltò a guardarlo con un sorriso gentile - non glielo chiese mai.

- E tutti vissero felici e contenti! - esclamò a quel punto Pervinca. - Che bella storia. Perché non ce l'avete mai raccontata?

- Perché in fondo è la storia di una bugia - spiegò Dalia. - E non voglio che impariate.

- Be', però non era una bugia grave e poi tu hai rimediato alla grande.

- Le bugie non si devono dire e basta. Nemmeno se si pensa di avere buone ragioni, non saranno mai buone abbastanza. Inoltre, a dire le bugie si rischia di non essere creduti quando si dice la verità.

- È successo anche a Jim - confermò Cicero. - Ieri sera, dopo che abbiamo scoperto che ci aveva mentito sull'età, non abbiamo più creduto a niente di quel che raccontava. Figuratevi quando ha detto d'essere scappato di casa dopo aver scoperto che suo nonno era un pirata! Duff si è messo a ridere e l'ha amndato al diavolo. E magari, era vero...

Bonk! Si sentì in quel momento.

Alle gemelle erano cadute le posate nel piatto.

NOVE

Il Segreto di Jim

SULLE TRACCE DI UN PIRATA

"Pensa un po', un pirata! E magari della stessa pessima risma dei pirati che hanno assalito la nave di Capitan Talbooth... Sempre che fosse lui il capitano della nave..."

- Lo ha raccontato ieri notte - spiegò il signor Cicero. - Sembra che Jim abbia trovato nello studio del nonno un certo libro, un giornale di bordo nel quale erano annotati, con orgogliosa precisione, le tecniche di abbordaggio, le navi depredate, i tesori rubati e una mappa. L'autore del diario si firmava con un nome da battaglia, ma Jim ha riconosciuto la scrittura ed è rimasto scioccato, tanto che la notte stessa ha fatto fagotto e ha lasciato la sua casa. Ed è arrivato fin qui.

- Io non ho più molta fame - disse Vaniglia con un filo di voce.

- Non ti senti bene, tesoro? - chiese Dalia.

Babù rispose di no con la testa e chiese il permesso

di alzarsi. Pervinca fece lo stesso.

- Così l'accompagno di sopra e le tengo compagnia - disse.

Dalia mise due mele in mano alle gemelle e a Babù diede un bacio sulla fronte.

- Mah, in effetti sei un po' calda - disse. - Vuoi una camomilla?

- Io sì - rispose Pervinca.

- Va bene, ve la porto su fra poco. Lavatevi e infilatevi a letto.

Mentre Vaniglia si trascinava su per le scale, Pervinca saltò i grandini a due a due e corse avanti ad aprire la porta. Sembrava un calice di spumante in cui fosse caduta una zolletta di zucchero.

- Che giornata! - esclamò buttandosi sul letto. - Prima Capitan Talbooth, poi la mamma che trasforma papà in un gabbiano e ora... il nonno di Jim che è un pirata! Incredibile, eh?

- Già - fu la risposta laconica di Babù.

- Jim te l'aveva detto che suo nonno era un pirata?

- No.

- Chissà se è una frottola o è tutto vero davvero!

- Forse è la verità - disse Vaniglia entrando in bagno per lavarsi i denti - anche a me ha detto d'essere fuggito di casa, e c'è un'altra cosa... - s'interruppe per sciacquare via il dentifricio.

- Quale altra cosa?

- Le casse.

- Quali casse? - Vì fece volare i vestiti sulla sedia.

- Il primo giorno che lo abbiamo conosciuto, a casa di Flox, ricordi? Disse che la voglia di girare il mondo gli era venuta dopo aver letto i libri che suo nonno aveva trovato dentro a delle casse...

- Ah, sì, quelle che il mare aveva buttato a riva.

- Esatto. Poi, però, precisò che dentro alle stesse casse, suo nonno aveva trovato anche dell'oro e dei gioielli, ricordi?

Pervinca ribaltò le coperte.

- Ma certo! - disse. - Il nonno ha mentito! Le casse non erano sulla spiaggia, le aveva rubate lui! Erano il tesoro del pirata!

- È un'ipotesi - concluse Babù tirando fuori la camicia da notte da sotto il cuscino.

- Dormi già? - le chiese Pervinca. - Non vuoi venire qui? Così mi racconti cosa ti ha detto Jim.

Vaniglia rispose con un grande sbadiglio.

- Grazie, ma ho un sonno terribile, credo che dormirò subito.

- No, no, aspetta - insistette Pervinca - non puoi dormire. Non va bene dormire quando si è troppo stanchi e con la testa piena di pensieri, si finisce per fare brutti sogni e il giorno dopo ci si alza di cattivo umore. Io lo so bene. Perciò vuota il sacco, prima che arrivi la camomilla, e dimmi cosa pensi del Capitano e cosa ti ha detto Jim prima di andarsene. Sicura che non ti abbia parlato di un diario di bordo?

- Sì - sospirò Babù abbracciando il cuscino. E con un secondo sbadiglio aggiunse: - Del Capitano non so cosa pensare e Jim... mi ha parlato.

- Siete stati via quindici minuti, mi preoccuperei se non lo avesse fatto. E di cosa ti ha parlato? Cioè, non voglio sapere i dettagli, figurati... il succo, però...

- Mi ha fatto una proposta.

- Ah! - rise ironica Vì. - Se è come quella che Grisam ha fatto a me, è tutto da ridere.

- Che proposta ti ha fatto Grisam?

- Mi ha chiesto di sposarlo!

Vaniglia saltò su come una molla.

- COSA? E non mi dici niente?

- Cioè, ha detto che se quando saremo grandi sposerò qualcun altro, mi trasformerà in una poltiglia di fango e vermi.

- Numi - sospirò Vaniglia ributtandosi giù. - Siete proprio fatti l'uno per l'altra.

- Jim invece?

La camomilla salvò Babù dal dare qualsiasi altra risposta. Intrighi, bugie e misteri non facevano per lei. Pervinca aveva ragione a dire che quella giornata non aveva portato altro: il Capitano che non era più un capitano, Jim che non aveva diciotto anni ma sedici, e non era in vacanza, ma fuggiva da un pirata, e ora sua mamma che aveva detto a suo padre di non essere una strega... La mente lineare e sincera di Vaniglia non era proprio fatta per questo genere di cose. Era vero che aveva la testa piena di pensieri, ma quella sera non riuscì a confidarne nessuno a sua sorella perché... non sapeva cosa dire.

Sorseggiò la camomilla, mentre Vì, sensibile all'infuso, finalmente si rilassava nel proprio letto.

Dalia diede la buona notte e il silenzio calò lieve nella stanza. Pervinca si addormentò quasi subito. Vaniglia invece no. Prese la gatta che un tempo era stata del Capitano, e se la portò nel letto.

- Felì - disse piano, accarezzando la micia che faceva le fusa - non te lo abbiamo chiesto. Cosa pensi, tu, della lettera che abbiamo trovato nel baule?

- Oh, io... ecco, non lo so - dissi volandole accanto. - Non credo si tratti di uno scherzo, di un falso, come dice Flox, e non credo che il Capitano intendesse mentirvi.

Riflettei un momento.

- Ho la sensazione - continuai - che ci stia sfuggendo qualcosa, qualcosa a cui non stiamo pensando...

Vaniglia accolse con interesse le mie parole.

- Questo mi fa sentire meglio - disse. - È una bella ipotesi e sono felice che tu l'abbia detta. Adesso ho altro a cui pensare...

DIECI

Joe Sempreinsella

QUALCUNO FORSE SA...

"Joe Shuanmà? Il guardiano della scuola? Quello che aveva le gambe tanto storte che al villaggio era soprannominato "Joe Sempreinsella", perché camminava come se fosse stato in sella a un cavallo? Me lo ricordo! Hai scritto che era un grande uomo! Forte, buono e generoso con tutti i bambini, chi aveva frequentato, o frequentava, la Horace McCrips lo amava come un nonno. Era il simbolo di quella scuola..."

Il mattino dopo, Pervinca si svegliò di cattivo umore.

- Ho dormito malissimo - bofonchiò voltando le spalle alla sveglia che aveva appena suonato. - E ho avuto gli incubi.

Tirai le tende. I vetri erano appannati dal gelo, ma un'allegra frenesia agitava i passeri sui rami.

- Sorridi - le dissi - la primavera è alle porte.

Non ottenni risposta e come mi voltai trovai Vaniglia che, scalza e immobile, fissava l'armadio aperto.

«Bella mattina» pensai.

- Vestiti, Babù - dissi, aveva la pelle d'oca. Lei però non si mosse: fissava gli abiti appesi senza alcuna espressione. Capii allora che non stava affatto pensando a cosa indossare, piuttosto era soprappensiero. Tanto da non accorgersi del freddo che faceva nella stanza.

Le andai vicino e le soffiai in un orecchio. Lei si riprese, afferrò la prima cosa che le venne alla mano e la indossò. Non era da Babù comportarsi così. Ci teneva a essere carina e per questo sceglieva con cura i vestiti e si divertiva ad accostare i colori finché non trovava l'abbinamento giusto.

Quando scese a fare colazione era comunque elegantissima: indossava lo scamiciato di velluto color tabacco sopra un dolcevita azzurro polvere e i calzettoni scozzesi nelle medesime tonalità. Stava molto bene. Mamma Dalia le fece i complimenti e li avrebbe fatti volentieri anche a Pervinca se i suoi vestiti non fossero stati così stropicciati.

- Quando imparerai a riporli nell'armadio? - le chiese sconsolata.

Infine, le gemelle bevvero il loro latte in silenzio e in silenzio infilarono la porta.

- Non mi hai raccontato di Jim - rammentò Pervinca quando ormai eravamo in vista dell'edificio rosso.

- Sì, invece - rispose Vaniglia - ma non te lo ricordi.

Le prime ore trascorsero svelte.

Pervinca ricevette un bigliettino di Grisam che la invitava a raggiungerlo in giardino durante l'intervallo, e Flox ne mandò uno a Babù per chiederle come avesse passato la notte.

All'intervallo, si ritrovarono tutt'e quattro presso l'unica panchina che non era coperta dalla neve. Sedettero uno accanto all'altro, le mani nei giacconi e le gambe distese in avanti, e per un po' osservarono i compagni che chiacchieravano e giocavano sulla piazzola. Il signor Joe, il guardiano della scuola, l'aveva ripulita e ora quel piccolo spazio spiccava nella neve come un'isola nell'oceano.

- Credete che dovremmo dirglielo? - chiese Grisam senza preavviso. Alla domanda seguì un sospiro generale.

- Non lo so, forse sì - disse infine Pervinca, poco convinta.

- Io dico che dobbiamo - replicò Vaniglia. - In fondo, il Capitano era amico di tutti. Se siamo una banda lo dobbiamo a lui. Che diritto abbiamo di tacere la verità ai nostri compagni?

- Perciò dovremmo leggere loro la lettera... - dedusse Grisam. - Mi sento male solo al pensiero. Pensate a Scricciolo!

Le ragazze rabbrividirono. Robin era quello più affezionato al Capitano. William Talbooth aveva creduto in lui fin dal principio, l'unico che avesse dato fiducia a quel ragazzino tutto pelle e ossa. Gli aveva insegnato a pescare, a pilotare il *Santuomo*, a tenere in ordine le reti, a fare i nodi, a riconoscere la direzione del vento guardando le barche, a individuare le zone pescose, a non far soffrire i pesci... Quell'amicizia aveva cambiato Scricciolo nel profondo e il primo segno era stato che il giovane Robin Windflower aveva smesso di balbettare. Come avrebbe preso quella lettera?

- Siete quelli che bocceranno a fine anno? - chiese una voce alle loro spalle. I quattro fecero un balzo.

- Joe! Ma da dove sbuchi fuori?

- Pulivo il sentiero dalla neve - rispose il guardiano. - Mi fa ridere che io abbia spaventato voi! Un gran ridere davvero.

Già.

Il signor Joe Shuanmà era una persona anziana, mite, un po' ingenua e molto buona, e questo rende facile immaginare quanto spesso gli allievi della Horace McCrips ne approfittassero. Come Capitan Talbooth, era una preda facile e forse non a caso i due uomini erano stati grandi amici. Avevano più o meno la stessa età e lo stesso cuore grande come una montagna, e finché il Capitano era stato in vita avevano condiviso molto, spesso anche i medesimi scherzi. Quando il Capitano se n'era andato, i ragazzi avevano smesso di tormentare il guardiano per un po' e gli erano stati vicini. Poi, come il signor Joe aveva ripreso a sorridere, i ragazzi avevano ricominciato a fare scherzi. Tutti, nessuno escluso!

Pervinca, figuriamoci, ci si era sempre divertita, e in cinque anni, a quel poveruomo, aveva giocato ogni genere di scherzo. Una volta, con Grisam e Scricciolo, erano entrati nell'aula di scienze e da lì erano riusciti a intrufolarsi nei recinti degli animali che il signor Joe accudiva come un padre affettuoso. Con un incantesimo avevano invertito code, zampe, orecchie e perfino i versi a maialini, oche, anatre, asini, caprette... Quando Joe era entrato per distribuire la pappa ai suoi protetti, s'era trovato davanti papere che ragliavano, caprette che si dilettavano in voli acrobatici, lasciando cadere qua e là candide piume, maialini che s'incornavano fra loro... uno aveva tentato di incornare anche il signor Joe e c'era riuscito; intanto gli asini covavano le uova nei nidi delle oche le quali a loro volta tentavano di scalzarli a suon di poderosi calcioni... Per poco il guardiano non c'era restato secco.

Non che Babù fosse innocente. Perfino lei, con l'aiuto di Flox e di Nepeta Rose, riuscì un giorno a farlo diventare verde di paura.

Mancava poco alla fine delle lezioni e il saggio di fine anno attendeva gli allievi al varco. Le tre amiche avrebbero cantato insieme un'opera "a cappella", cioè senza l'accompagnamento di strumenti musicali.

Non era un'impresa facile e per questo ogni momento era impiegato, dalle giovani artiste, per provare e riprovare, insieme o da sole: l'intervallo, il ritorno da scuola, qualche ora nel pomeriggio, la mattina in bagno... Dopo qualche giorno nessuno le sopportava più. Bastava che una di loro intonasse la prima nota che tutti gridavano per la disperazione. Però il saggio era importante, l'intero villaggio avrebbe assistito e loro non potevano certo fare una brutta figura!

Così, Flox ebbe la grande idea: sarebbero scese nella grotta sotto la scuola, dove i ragazzi venivano portati in caso di pericolo, e avrebbero provato là dove nessuno le avrebbe sentite. Vaniglia mise subito le mani avanti: ogni volta che aveva assecondato un'idea bislacca di Flox s'era ritrovata nei guai. Tuttavia, a pensarci bene, quella sembrava non avere controindicazioni. Perciò, infine, accettò.

Il pomeriggio seguente, dopo che tutti furono usciti, le tre amiche aprirono la botola nel corridoio e scesero l'angusta scala a chioccola che, per quel che ne sapevano, si avvitava nell'oscurità fino al centro della Terra. Nessuno degli allievi, infatti, ne aveva mai visto la fine poiché l'ingresso della grotta si trovava al duecentosettantacinquesimo gradino.

- La porta è socchiusa - sussurrò Babù che dal duecentosettantesimo gradino in poi aveva preso a tastare le pareti.

Mentre le tre amiche premevano contro la pesante lastra di ferro, Vaniglia sentì un freddo spiffero colpirla sul viso. Era buio pesto e per un istante il coraggio vacillò.

- Torniamo su - disse - e andiamo a provare nel bosco, alla luce!

Bisogna sapere che a quel tempo Babù aveva nove anni e non era ancora una strega a tutti gli effetti: volava, sì, ma non sapeva d'essere una Strega della luce e perciò ignorava di saper accendere un ramo di ginestre, o illuminare un sasso, come un giorno invece avrebbe fatto con estrema naturalezza.

- No, no, aspetta - la tranquillizzò Flox. - Ho una torcia in tasca.

Con quella, la Streghetta del buio fece strada nella grotta e ridiede coraggio a Vaniglia.

Sedute per terra, con la schiena contro la parete di roccia, illuminate dal bagliore della torcia, le tre amiche intonarono finalmente la loro musica, forte come non avevano mai osato. E con quale soddisfazione! Il soffitto a volta gonfiava e dava potenza alle loro voci come la più grande e perfetta delle casse armoniche. Che meraviglia! Se non che...

I potenti "Uuuh" e le gonfie "Oooh" dei cori s'insinuarono sotto il portone e come spire di fumo salirono verso l'alto. Fino alla botola, sopra alla quale il povero Joe Shuanmà stava, a quattro gambe, lavando il pavimento. A causa della pesante lastra di marmo che ne ostacolava il percorso, le note giunsero all'orecchio del guardiano orrendamente deformate. Non un canto melodioso, bensì un atroce lamento, gelido e lugubre, questo sentì il poveretto risalire dalle viscere della Terra.

Un tremito isterico sì impossessò del guardiano che, lasciato lo straccio, prese a battere forte i denti e a scivolare sul sapone nell'inutile tentativo di alzarsi e fuggire. Le sue grida di terrore giunsero fin nella grotta spaventando a morte le ragazze. Prese dal panico, Vaniglia, Flox e Nepeta si precipitarono su per la scala e spinsero contro la botola per uscire. Sentendo quest'ultima muoversi sotto di sé, l'ormai terrorizzato Joe si convinse che l'Orrido fosse risalito per prenderselo e trascinarlo via. Vinto dalla paura, pensò bene di svenire.

Quando li ritrovammo, fu piuttosto complicato per tutti capire come fossero giunti a quella situazione.

- Joe - fece Grisam alzandosi dalla panchina e avvicinandosi al guardiano. - Tu e William Talbooth parlavate molto?

- Aaah, bada a te, nipote dei Burdock! - rispose il signor Joe diffidente. - Vi conosco voi, siete i maghi dei tranelli.

- Nessun tranello, Joe, solo curiosità: eravate i classici amici che si raccontano tutto?

Il guardiano smise di spalare la neve e, sbuffando,

si levò il cappello e lo appoggiò alla pala: - Spara diritto, ragazzo: cosa vuoi sapere? Ho poco tempo e molto da fare.

- Solo questo - rispose Grisam simulando, con le mani in tasca e il viso disteso, un'aria appena vagamente interessata. - Talbooth ti ha mai raccontato dei… segreti?

Joe lo guardò storto.

- Se erano segreti lo rimangono. Che ti dice la testa?

L'astuto mago capì che se voleva informazioni doveva cederne qualcuna.

- Te lo chiedo perché abbiamo trovato una strana lettera nel baule che mi ha lasciato il Capitano.

- Bene per te che c'era qualcosa dentro - rispose il guardiano riprendendo a spalare.

- Era firmata da un certo Capitan Edward Temby, l'hai mai sentito?

- Mai!

- E… Charles Bullet?

Il signor Joe scrollò le spalle.

"Uhm…" diceva l'espressione sul viso di Grisam.

- Sei sicuro, Joe? Bullet, Charles Bullet? *Sunboat*…

- Certo! - rispose Joe senza voltarsi. - Non ho mai sentito nominare questo vostro Charles Albert Bullet.

C'era cascato! Joe Shuanmà conosceva Bullet e poiché non ne voleva parlarne forse sapeva anche

Mentafiorita dei Sentieri
Riti
Magie
& Incanti
d'Amore

Alle streghe che sentono
le farfalle nella pancia
e a chi le sentirà presto...

Strega Mentafiorita dei Sentieri

Il Pavone

Pavo cristatus

Bello e maestoso,
crea con le lunghe piume della sopracoda
un regale ventaglio e solo per lei
fa vibrare le ali rigonfie, mentre sul petto
mostra il più bel blu della natura.
È un incanto mozzafiato...

Il Polpo

Octopus vulgaris

I polpi più romantici
quando sono innamorati,
portano dei sassolini blu
davanti alle tane
delle loro amate
e lì li lasciano
con la speranza
che lei apprezzi il regalo
e accetti di uscire
a fare otto passi
fra i coralli.

Il Cigno

Cygnus olor

I cigni restano insieme per tutta la vita. Ogni anno, all'arrivo della stagione degli amori, la coppia compie una romantica parata nuziale, fatta di spettacolari evoluzioni che salda, ancora una volta, il legame fra i due innamorati.

Il Moscerino

Hilara sartor

Negli insetti, il maschio è solito
donare all'insettina da conquistare
un bozzolo di seta in cui
è avvolta una piccola preda.
E se lei è vegetariana?
Allora il bozzolo sarà... vuoto.
E lei, che capisce, lo apprezzerà
perché, come si dice,
"basta il pensiero"!

L'Innamorato Tessitore

Ploceus cucullatus

Intrecciando fili d'erba,
tesse per lei grandi nidi setosi.
Ma la principessa uccellina ha gusti difficili
e così il Tessitore ne costruisce più d'uno,
affinché l'amata possa scegliere il più comodo
e quello con i fili d'erba
più morbidi e verdi.

Tyto alba alba

Il Barbagianni

Un grido sibilante, come un soffio trattenuto, ne annuncia l'arrivo. Vola basso sulla neve, agile e silenzioso, e con profondi e rapidi battiti d'ali si avvicina a lei che, ferma sul ramo di un pino, attende di ricevere la preda che lui le porterà.

Phausis splendidula

La Lucciola

Nelle notti senza luna, fra i rami degli alberi, o nei prati bui, le lucciole innamorate emettono magici bagliori. I maschi in volo, rapiti da quella magia, rispondono a loro volta con segnali luminosi e la campagna s'accende di mille lucine incantevoli.

È estate!

L'Allodola

Alauda arvensis

Durante il volo nuziale,
il maschio vola in verticale compiendo
lenti giri e sale, sale, sale, sale...
fino a un centinaio di metri e anche di più
lanciando il suo canto bellissimo
e inconfondibile sulle brughiere
sottostanti. Quando il canto
si interrompe, l'uccelletto
si lascia cadere fin quasi a terra per poi
riprendere il suo volo nuziale.

Il Pettirosso

Erithacus rubecola

Da un po' di tempo,
nei villaggi, i pettirossi
innamorati cantano di notte,
o all'imbrunire,
poiché di giorno il rumore
impedisce alle graziose pettirosse
di ascoltare le romantiche
serenate che i maschi cantano
in loro onore.

Il Cavalluccio Marino

Hippocampus guttulatus

Durante il corteggiamento, i cavallucci marini "vibrano" l'uno verso l'altro e si "illuminano". Mentre si tengono allacciati per le code, i loro manti si schiariscono fino a diventare bianchi e il marsupio sul ventre di papà cavalluccio si prepara ad accogliere i piccoli deposti dalla mamma.

Lo Spinarello

Gasterosteus aculeatus

Lo Spinarello è un pesce,
eppure ama fare il nido come gli uccellini.
Così, quando arriva la stagione degli amori,
il pesciolino crea sul fondo un nido
di alghe e con danze spettacolari
invita la pesciolina a entrare e deporvi
le uova dalle quali nasceranno
i piccoli spinarelli.

Il Castoro

Castor fiber

Sega, abbatte, taglia e intreccia
e come un abile ingegnere
crea con rami, tronchi e foglie,
un ampio e solido nido lungo le rive dei fiumi.
Un po' umido forse, ma mamma castora
e i cuccioli in arrivo lo adoreranno!

Lo Svasso

Podiceps cristatus

I due sposi mostrano sontuosi pennacchi neri? È l'abito nuziale! Presto gli innamorati correranno insieme sull'acqua, s'immergeranno e risaliranno portando nel becco le piante acquatiche utili per costuire il nuovo nido.

Questo libro è appartenuto a:

Mentafiorita dei Sentieri

Clematis Pollimon

Violetta dei Sentieri

Margherita dei Sentieri

Violaciocca McDale

Lillà dei Sentieri

Vaniglia Periwinkle

tutto il resto. Ma insistere, a quel punto, era inutile. Il vecchio guardiano era ormai sulle difensive e non avrebbe parlato.

Il gruppetto decise di lasciarlo stare per un po' e, dopo averlo salutato, raggiunse gli amici sulla piazzola.

UNDICI

La Banda si Riunisce

MA IL COVO È IN PERICOLO...

"Il covo segreto? Vuoi dire la baracca del Capitano, dove i ragazzi si riuniscono per prendere importanti decisioni e organizzare nuove avventure al riparo dagli occhi indiscreti degli adulti? Mi piace tanto quel posto..."

- Che facce! - esclamò Scricciolo vedendoli arrivare. Gli altri si fecero intorno.

- Che vi succede?

- Perché ve ne stavate in disparte sulla panchina?

- Avete fatto uno scherzo a Joe?

- Dobbiamo riunire la Banda - annunciò Grisam.

- È tovnato il Tevvibile 21??? - chiese allarmato Acanti, tirandosi su gli occhiali col dito sporco d'inchiostro.

- No, è una storia lunga, che riguarda il Capitano.

- Ho capito! - esclamò il piccolo Robin saltellando da un piede all'altro con le scarpe fradice. - Volete aprire il baule!

- Lo abbiamo fatto ieri - rispose Grisam e subito si pentì. Scricciolo infatti lo guardava già imbronciato dal basso verso l'alto.

- Avete aperto il baule senza di me??? - ringhiò minaccioso.

- Sì, ma non devi arrabbiarti.

Il minuto ragazzino esplose come un petardo.

- BRUTTI TRADITORI! DOVEVATE ASPETTARMI! - gridò. Non stava mai fermo, neanche quando era calmo, figuratevi quando era arrabbiato. Cominciò a saltare nella neve a piedi pari, agitando le braccia.

- IL CAPITANO ERA ANCHE AMICO MIO, CI TENEVO A VEDERE IL BAULE, PERCHÉ NON M'AVETE ASPETTATO? PERCHÉ? PERCHÉ?

Per un po' gli amici lo guardarono senza sapere cosa dire per calmarlo. Poi, dopo che ebbe fatto tre giri interi del cortile, Grisam lo afferrò per le spalle e lo piantò nella neve fino alla cinta.

- Mi fai venire il mal di mare, vuoi stare fermo?! Quel baule il Capitano l'ha lasciato a me e se tu vuoi vederlo non hai che da chiederlo.

Scricciolo non disse niente. Rosso di capelli, acceso in viso e col fiatone, sembrava un torcia che sfrigolava nel vento.

- Stasera riuniremo la Banda nella baracca del Capitano - disse il giovane mago per tranquillizzarlo - e allora vi racconterò cosa abbiamo trovato nel baule.

Potete venire tutti?

I ragazzi annuirono. Robin ringhiò il suo “sì”.

Come arrivò l'ora della riunione, le gemelle chiusero i libri e si lanciarono giù per le scale di casa. Infilarono le mantelle e gli scarponcini ancora zuppi, aprirono la porta e... andarono a sbattere contro zia Tomelilla che stava rientrando.

- Cos'è questa fretta? - esclamò la strega. - I bagni non funzionano? Oppure il pavimento scotta?

- No, no, zia, anzi sì, cioè... no, a dopo.

Salutarono e uscirono leste come lepri.

- Guardate che domani ci sarà lezione di magia! - ci gridò dietro Tomelilla. - Perciò non prendete impegni!

Le ragazze fecero un segno per dimostrarle che avevano capito e s'affrettarono giù per la strada che conduceva al porto.

Grisam era già là, ma qualcosa non quadrava...

- Cosa ci fa “Faccia-di-Fagiano” davanti alla nostra baracca? - chiese Vaniglia indignata. - Cosa sta succedendo?

La moglie del Sindaco era in piedi sui gradini mentre Grisam, sulla soglia, le si opponeva a braccia conserte e gambe ben piantate. Poco distante, il signor Demenzio Hobbs, il segretario del Sindaco, osservava impacciato la scena.

- Oh, ecco, mancavate proprio voi tre! - commentò

Madama Pimpernel vedendoci arrivare. - Non bastava lui...

Lui era Grisam, naturalmente, l'impertinente ragazzo che, secondo la Sindachessa, come la chiamavano i ragazzi, senza averne alcun diritto, le impediva l'accesso alla baracca.

- Vuole vuotarla! - spiegò il giovane alle ragazze. - Quando sono arrivato era già qui che frugava dappertutto.

- Come ti ho già spiegato diecimila volte, Burdock, il Sindaco ha deciso di dedicare un museo al Capitano e ha chiesto a me, perché ho buon gusto e me ne intendo, di venire a scegliere, fra i pezzi che sono rimasti qui, quelli più meritevoli da esporre, e QUELLA sedia con QUELLA stufa sono DECISAMENTE meritevoli. HAI CAPITO ADESSO O DEVO SPIEGARTELO UN'ALTRA VOLTA? - gridò la signora perdendo del tutto la misera pazienza di cui era dotata.

Grisam, forte, anche del fatto che stavano arrivando i compagni, non cedette di un solo passo.

- Questo posto è nostro, signora! - ribatté secco, ma educato. - Il Capitano l'ha lasciato a noi e finché non vedrò il Sindaco, né voi né nessun altro porterà fuori di qui un solo amo!

- Demenzio, sposta questo testone! - ordinò la Pimpernel facendosi da parte.

Il signor Hobbs avanzò di due passi poi intuì che

nessuno dei ragazzi, che ormai affollavano l'entrata, lo avrebbe fatto passare e rinunciò.

- Volete che vada a chiamare sua eccellenza il Sindaco, signora? - chiese, accennando una specie di sorriso. Faccia-di-Fagiano lo guardò fisso per un istante. Poi tirò su col naso e fece tremare il labbro inferiore.

- Mio marito è molto malato - balbettò asciugandosi una lacrima con un fazzoletto di pizzo. - Ha la febbre, poveruomo, e se sapesse cosa mi stanno facendo questi mascalzoni… - singhiozzò gravemente e aggiunse: - si ammalerebbe ancora di più.

- Oh, mamma... - sospirò Grisam. - Signora Pimpernel, nessuno vi sta facendo niente. Stiamo solo proteggendo un nostro diritto e non intendiamo desistere. Tutto qui.

- E va bene! - ringhiò a quel punto la Sindachessa voltandogli bruscamente le spalle. - L'avete voluto voi! Tornerò con chi non si lascia intimorire da quattro mocciosi e ripulirò questa sozza baracca!

Passando davanti al segretario lo colpì col fazzoletto: - Con te facciamo i conti dopo, Hobbs! - gli sibilò sulla punta del naso. Il signor Hobbs avvampò e mostrò ai ragazzi una faccetta da topino affamato. - Scherza - disse con un risolino triste.

Come la buffa coppia voltò l'angolo, i ragazzi fecero un salto di gioia: - VIVA GRISAM! - gridarono tutti insieme - VIVA IL NOSTRO NUOVO CAPITANO!

- e si lanciarono sul ragazzo per abbracciarlo e complimentarsi. Grisam sembrava meno soddisfatto.

- Guardate che tornerà davvero - disse, cercando di resistere all'assalto dei suoi compagni. - Dobbiamo parlare col Sindaco.

- Ora? - chiese Scricciolo. - Ma io voglio sapere del baule!

- Anch'io! - gli fece eco Acanti.

- Siamo venuti apposta.

- Io ho rischiato di non poter venire...

- E va bene - sospirò il mago - ci andremo dopo, però non sottovalutate Faccia-di-Fagiano, potrebbe essere molto pericolosa...

DODICI

Le Ipotesi dei Giovani Saggi

E QUALCUNO SI RIBELLA

"Sospettiamo di sapere chi... Poverino, è il più piccolo del gruppo, minuto come un uccellino, per questo i ragazzi lo chiamano Scricciolo, vero, Felì?"

Mentre i maschi prendevano posto sulle casse, sopra i secchi ribaltati, su improvvisati sgabelli e su una vecchia bitta recuperata chissà dove, quello che insomma restava per sedersi nella baracca del Capitano, le ragazze organizzarono la merenda.

Grisam aveva portato due vassoi di dolci appena sfornati e Acanti Bugle s'era caricato una brocca di succo di pere e due bricchi di cioccolata tiepida.

- Prima mangiamo o prima raccontate cosa avete trovato nel baule? - chiese Nepeta.

- E se mangiassimo mentre raccontate? - la proposta arrivava dal golosissimo Celastro Buttercup che da quando era entrato non aveva tolto gli occhi dai dolci della signora Marta.

Grisam optò per quest'ultima ipotesi: i fagotti alla

crema avrebbero reso la notizia meno amara. Mentre Vaniglia passava col primo vassoio, e Pervinca distribuiva le bibite, Flox arrivò con Rosicchio, il cane del signor McMike.

- Può entrare? - chiese la streghetta.

- Sì, se non mangia i nostri dolci.

- Oh, be', un biscottino spetta anche a lui, povero.

Così, intanto che i due ultimi arrivati si servivano, Grisam aprì la lettera.

- Abbiamo trovato questa nel baule del Capitano - disse mostrando i fogli ai ragazzi - ed è senz'altro il pezzo più interessante. Vi prego, fatemi finire di leggere prima di intervenire e non arrivate a conclusioni affrettate, come so che vi verrà spontaneo fare.

Dal giovane pubblico si levò un brusio e Grisam dovette alzare la voce.

- Se qualcuno, alla fine, non avrà capito, è pregato di dirlo senza vergogna poiché anche noi abbiamo dovuto leggere questa lettera due o tre volte, tanto suonava inverosimile il suo contenuto. Per favore, fate silenzio e ascoltate... - si schiarì la voce, prese un lungo respiro e cominciò a leggere.

La prima parte della lettera filò abbastanza liscia: qualcuno chiese di ripetere una parola, qualcuno addirittura sbadigliò e nessuno sembrò particolarmente sorpreso poiché avevano già sentito quel racconto dal loro Capitano.

Quando però Grisam arrivò al punto fatidico, non

uno di loro si mosse più. I dolci sospesi a mezz'aria, le bocche spalancate, gli occhi sgranati...

Vaniglia, Flox e Pervinca si scambiarono un'occhiata furtiva: stava andando peggio di quel che temevano. Grisam invece non ebbe la forza di sollevare lo sguardo. Tossì un attimo e ripiegando la lettera chiese: - Ci sono domande?

Le mani si sollevarono tutte all'unisono per un'unica, sola domanda: chi era Edward Temby?

- Non lo sappiamo - rispose Grisam. - Stando a quel che c'è scritto qui, era il Capitano dell'*Isabella II*, ma...

- Il Capitano dell'*Isabella II* era William Talbooth - lo interruppe Scricciolo.

- Perché questo signor Temby dice che Talbooth era un vagabondo pulcioso? - chiese la giovane Buttercup.

- Lo odiava?

- Era un nemico del Capitano?

- Chi è Anna?

- Cos'è il lino?

- Posso andare a fare la pipì?

- Sì, Sophie, puoi andare a fare la pipì - rispose Grisam disperato - almeno tu hai fatto una domanda facile. Alle altre non sappiamo ancora rispondere. Per questo abbiamo riunito la Banda: è un mistero a cui dovremo lavorare tutti insieme, senza dimenticare il nostro motto: "La fiducia agli amici!".

A quelle parole, Celastro si alzò e prese un altro fagotto alla crema.

- Non riesco a pensare a pancia vuota - disse. Segno che almeno lui aderiva alla proposta di Grisam di mettere in funzione tutti i cervelli e trovare insieme una possibile spiegazione a quella lettera. Con sollievo del mago e delle ragazze, il suo esempio fu d'aiuto agli altri e la discussione si fece più ordinata.

- Suggevisco che chi ha delle domande da fave, alzi la mano e pvima di favlo pensi bene a quel che desideva chiedeve - propose Acanti. E subito alzò la mano: - Io ci ho pensato e vi chiedo: pevché mai il Capitano avvebbe dovuto mentivci? Che vagione poteva aveve?

Nepeta alzò la mano a sua volta e disse: - Forse desiderava che avessimo di lui il miglior ricordo possibile.

- È una buona visposta, Nepeta - disse Acanti molto educatamente - pevò convevvai con me che lasciando il baule a Gvisam, il Capitano sapeva che pvima o poi avvemmo tvovato la letteva e scopevto la vevità.

- Già...

Calò il silenzio e i ragazzi cominciarono a pensare, ciascuno per conto proprio.

Dopo alcuni minuti trascorsi così, Flox alzò la mano.

- E se avesse detto una bugia e poi si fosse pentito e

proprio per questo avesse lasciato il baule a Grisam, perché scoprissimo la sua vera identità?

- Nooo - fece Francis Corbirock. - Il Capitano non era un vigliacco, se si fosse pentito ce lo avrebbe detto. Mica stava a fare tutto quel traffico col baule, era un uomo pratico.

- E ordinato - aggiunse Vaniglia. - La sua casa, la sua baracca, la sua barca, non sembravano proprio in balia di un vagabondo pulcioso: vi ricordate quanto bello e sontuoso era questo posto la prima volta che siamo entrati? Come ci siamo stupiti...

- È vero, c'erano perfino le tende stirate di fresco - intervenne Flox. - E profumo di sapone.

- Sì, ma non è una prova - rispose Pervinca. - Talbooth poteva essere un vagabondo pulcioso finché è stato imbarcato. Poi, una volta giunto qui, ha imparato dai cittadini di Fairy Oak le buone maniere e ha trovato un po' di cose in mare con cui finire di arredare casa e baracca. Inoltre sappiamo che non tutto quello che c'era qua dentro è arrivato dal mare, molto fu regalato al Capitano dai nostri nonni e zii...

- Sciocchezze - replicò Scricciolo. - Non vi ricordate le iniziali sulla teiera e sul baule?

- Se ci fai caso, Robin, William E. Talbooth e W. Edward Temby hanno le stesse iniziali. Aggiungi la "C" di Capitano all'inizio e il baule di uno può essere anche il baule dell'altro.

- Se fosse come dici, Vì - intervenne di nuovo Scricciolo - se quel baule era di questo Temby, perché il Capitano lo ha conservato a quel modo e finché è stato in vita non ha lasciato che Grisam gli si avvicinasse?

- Forse perché sapeva che Grisam parla con gli oggetti e poteva scoprire la verità. Non dico che sia successo davvero, Scricciolo, pongo solo delle possibilità su cui dobbiamo ragionare.

- È... è una possibilità assurda - rispose Robin andando a sedersi da solo in un angolo.

- Magari non ha mentito apposta - intervenne Flox - forse si è semplicemente ricordato male, ha preso come ricordi suoi quelli di qualcun altro, si è confuso.

- Cava Flox, non hai alzato la mano, ma hai appena detto una cosa molto intevessante - si compiacque Acanti. - Cioè, secondo te, quando Talbooth ha vitvovato la memovia ha cveduto di esseve il Capitano Temby... Questo è molto possibile e molto più coevente con il sincevo cavatteve del nostvo cavo amico.

- Ma... ma lo sentite cosa state dicendo? - esclamò Robin incredulo. - State... state parlando di William Talbooth, il NOSTRO CAPITANO! E... e dite che era una mezza tacca, un uomo inutile, rozzo e pulcioso, abbandonato come un cane nei vicoli dal proprio comandante e salvato da questo "Capitan

Temby"... - Scricciolo pronunciò il nome con profondo disprezzo. - E... e chi l'ha mai sentito? William... William Talbooth era il capitano dell'*Isabella II* ed è naufragato al largo delle nostre coste dopo che i pirati lo hanno abbordato. Fine... fine della storia!

Scricciolo aveva ripreso a balbettare.

- Noi non speriamo che questo, Robin - s'affrettò a dire Vaniglia - però vorremmo esserne sicuri. Purtroppo la lettera che abbiamo trovato mette in dubbio la sincerità del nostro Capitano: vorresti ignorarla?

- E se poi, alla fine, scopriremo che Edward Temby era il vero capitano dell'*Isabella II*... - continuò Pervinca avvicinandosi a Scricciolo e stringendolo per le spalle - ... be', chi se ne importa, no? Il vecchio marinaio era comunque una brava persona, confusa forse, ma a noi ha fatto solo del bene.

Scricciolo scrollò via malamente il braccio di Vì.

- No - disse, avviandosi verso la porta. - Il... il mio Capitano non mentiva. Se... se ha mentito non è più il mio Capitano.

Uscì, sbattendo forte l'uscio.

Grisam guardò i compagni.

- Anche voi la pensate così? - chiese serio.

- Be' - rispose Acanti - cevto non savebbe più la stessa cosa... Ma come possiamo scopvive la vevità?

- Dobbiamo indagare! - rispose il giovane mago. - C'è una persona al villaggio che sa molto più di quel che dice sul conto del Capitano.

- Chi? - chiesero i ragazzi.

- Joe!

Mentre diceva quel nome, Grisam ebbe un pensiero: se il guardiano della scuola era a conoscenza del segreto di Talbooth, come mai non aveva perso un briciolo di stima e di affetto nei suoi confronti? Il signor Joe non era tipo da stringere amicizie con i bugiardi. Forse allora non sapeva... Dovevano parlargli! Convincerlo a fidarsi e per riuscirci, dovevano fidarsi a loro volta.

Grisam confermò ai suoi compagni che avrebbe fatto delle indagini e che presto li avrebbe messi al corrente delle nuove scoperte.

- E per la baracca?

- Ah, già! Faccia-di-Fagiano! Bravo Francis che ce l'hai ricordato. Dobbiamo pensare a qualcosa...

- Un incantesimo! - propose Vaniglia. - Uno dei vostri, dico - e indicò Pervinca e gli altri Magici del buio. - Fate scomparire tutto, o trasformate la stufa e la sedia in qualcosa di schifoso!

Era una buona idea! Quante volte avevamo visto Talbooth cullarsi sul bel dondolo alto, avanti e indietro, al ritmo del vecchio orologio, raccontando di grandi avventure... Non era giusto che quelle cose finissero nella mani della Pimpernel!

- Un superschifoincantesimo! - esclamai d'impulso. - Che bella cosa!

Ammetto che l'esclamazione fosse un po' forte

per una fata, ma sortì un certo effetto poiché infatti Prud, Piffero, Etalì e perfino quella fata pessimista di Ditetù, mi vennero dietro.

- Sì, sì, fate un incantesimo che protegga le cose del Capitano! - esclamò Sentoipollicichе*prud*ono.

- Trasformate tutto in ramarri e ranocchi - le fece eco Quattrop*etali*acuorehoportatoperte.

- O in… pidocchi!

- Scarafaggi!

- Millepiedi!

- Pulci!

- Zecche!

- Bave e verruche!

- Bleah! - fece Nepeta nauseata. - Sto per sentirmi male.

- Oppure in niente del tutto! - propose Grisam. - Potremmo fare in modo che la stanza sembri... vuota!

I ragazzi ci pensarono un momento.

- Che idea! - dissero - Ma certo! Facciamo scomparire tutto.

- Così l'Orchessa-Sindachessa rimarrà a mani vuote.

- E quanfo dufefà quef'infanfefimo? - chiese Celastro con la bocca di nuovo piena.

- Be', non per sempre - rispose Pervinca. - Deve solo darci il tempo di parlare col Sindaco per sistemare ogni cosa.

- Lui sa che questo è il nostro covo segreto - spiegò

Vaniglia - e sono sicura che non vuole portarcelo via.

- Lasceremo la porta aperta - spiegò Grisam.

- Aperta???

- Certo, chi si cura di chiudere la porta di una stanza vuota?

- Ah… giusto.

- In questo modo sarà ancora più credibile.

- Che fuvbo!

- Magici del buio, siete pronti? - li richiamò Pervinca. - Grisam, ti occupi tu della sedia? Io renderò invisibile la stufa e Robin... Ah, già, non c'è... Be', gli altri Magici facciano sparire il resto. Babù, porta fuori Rosicchio prima che scompaia anche lui. Pronti? Al mio via: uno… due… tre... VIA!

PUFF!

TREDICI

Incanti d'Amore

UNA STRANA LEZIONE DI MAGIA

"Immagino già l'ampia stanza circolare, ricavata nella roccia sotto la casa, dove per secoli i Magici di quella famiglia avevano consultato grandi tomi impolverati e creato nuovi incantesimi. Si tenevano le lezioni di magia, vero, Felì? Nella Stanza degli Incantesimi..."

Il giorno dopo, Vaniglia e Pervinca non avevano molta voglia di sedersi a un banco, neanche per ascoltare una lezione di magia. C'era la questione del Capitano, la baracca era in pericolo e Vaniglia era molto triste per la partenza di Jim... insomma, non era il momento giusto.

- Su cosa sarà la lezione di oggi, Felì, te lo ha detto la zia? - chiese Vì mentre si trascinavano per il corridoio che portava alla Stanza degli Incantesimi.

Da quando avevano dato prova d'aver ereditato i poteri magici, Lalla Tomelilla aveva puntualmente impartito loro sagge e fondamentali lezioni di magia. Non c'erano orari né giorni prestabiliti per quel tipo di insegnamenti, a Tomelilla piaceva improvvisare, tuttavia le gemelle sapevano che non ci sarebbero mai stati meno di tre appuntamenti alla settimana, su varie materie.

- No - risposi. - Mi ha detto solo che sarà una lezione diversa dal solito.

- Più difficile? - chiese Babù.

- Non credo, no. Forse l'argomento sarà insolito.

Proseguirono in silenzio, accompagnate dalle buffe e grandi ombre che i loro cappelli a punta proiettavano sulle pareti di pietra.

Quando finalmente varcammo la porticina ed entrammo nella Stanza, Tomelilla stava alimentando il fuoco nel caminetto. Senza voltarsi, ordinò alle gemelle di sedersi al proprio banco, ce n'erano cinque, perché a volte alle lezioni della strega più saggia e onorevole di tutti i regni magici, partecipavano anche Grisam Burdock, Flox Pollimon e Shirley Poppy. Quel giorno, però, a farci compagnia c'era solo l'antica, familiare confusione di quel luogo, il tepore del fuoco e il profumo delle erbe mediche stese ad essiccare.

Le ragazze si accomodarono e come al solito aprirono la valigetta rossa del corso di magia.

- Cosa ci serve oggi? - chiese Vaniglia.

Tomelilla prese il suo cappello da strega dal leggio e sollevandosi appena la gonna scavalcò una pila di libri e raggiunse la grande scrivania.

- Oh, dunque vediamo... - disse sedendosi - direi proprio niente.

- Niente cesoie o forbici? - chiese Pervinca.

- No.

- Niente sacchetti di mussola o targhette da botanica?

- No, no.

- Neppure le matite e i quaderni?

- Sì, quelli sì - rispose la strega aprendo un grosso libro nero. Era uno dei soliti, dalla spessa coperta di cuoio, le borchie agli angoli, l'odore di muffa e l'aria noiosa. Dalle pagine si sollevò una nuvola di polvere e io vidi la delusione dipingersi sui volti delle gemelle.

- Abbiate pazienza solo un attimo - disse la zia - ho promesso ad Ortensia che avrei controllato una cosa... Ah sì, eccola... Eh, già, aveva ragione lei, che strano.

Così dicendo, la strega richiuse il libro e lo mise da parte.

- Allora, cominciamo?

Un timido sorriso tornò a illuminare gli occhi di Vì e Babù.

- Oh, dunque... - attaccò Tomelilla - Amore! Non so se ve ne ho mai parlato...

- No, no - rispose Vaniglia, d'improvviso raggiante.

- Sembrava anche a me, infatti. La lezione sarà su questo. Ora, avete visto gli uccellini? Per quanto la neve ricopra ancora le cime degli alberi, sembrano avere già fretta di fare il nido.

- Io sì, me ne sono accorta - disse Vaniglia.

- Sentono l'arrivo della primavera, la stagione degli amori, dei nidi e dei cuccioli... - continuò Tomelilla. - Sono agitati e hanno ragione, è un bell'impegno trovare il compagno giusto con cui mettere su casa e famiglia. È una scelta importante e una responsabilità.

- Esistono in natura animali che si giurano amore eterno, zia?

- Alcuni sì, i colombi per esempio, i cigni, le aquile e gli albatri... se possono restano insieme tutta la vita.

- Sì, ma non si amano fra loro come si amano gli uomini - obiettò Pervinca.

- È vero, ma non sottovalutate i loro sentimenti. Un esemplare può soffrire moltissimo per la perdita del proprio compagno. O battersi fino alla morte per lui.

- Come i cervi che si prendono a cornate in montagna d'estate?

- Quelli sono i combattimenti dei maschi per la conquista delle femmine.

- Si uccidono per loro?

- Si sfidano per dimostrare chi è il più forte. Se possono, evitano di uccidersi. Contro un avversario troppo forte, il più debole rinuncia e si allontana dal branco, affrontando una vita raminga e solitaria.

- È molto triste!

- Già. Ma come siamo arrivate a parlare di questo? La lezione è sulle tecniche di corteggiamento, non sui combattimenti.

- Tecniche di corteggiamento??? - Il viso di Pervinca si contorse in una smorfia di disgusto. - Argh! Che orrore!

Tomelilla non le diede retta e tirò fuori dal cassetto un libriccino dalla copertina floreale e molto romantica che non avevamo mai visto, e un titolo che fece arrossire le ragazze: "Riti, Magie e Incanti d'Amore".

- Imparare le abitudini e i riti di corteggiamento degli animali vi aiuterà a conoscerli meglio e anche... ad evitare qualche guaio - spiegò.

- Allora non parlerai degli esseri umani? - chiese Vì un po' più speranzosa. La strega la guardò strana.

- Cosa c'entrano adesso gli esseri umani? - domandò. - Se volevi una lezione di quel tipo, dovevi chiederlo a tua mamma.

- No, no, sono ben felice così, grazie - rispose la streghetta passandosi una mano sulla fronte.

- Bene. Allora, chi di voi due sa dirmi qual è quell'animale che per conquistare la sua compagna crea con la coda un regale ventaglio e ai raggi del sole fa vibrare sul petto il più bel blu della natura?

- Il pavone! - rispose Vaniglia.

- Esatto. E come si capisce se il pavone che corteggia la pavonessa ha sincere e oneste intenzioni?

Le gemelle si guardarono attonite.

- Forse il papà della pavonessa gli punta un forcone alla gola e glielo chiede? La prima volta con le buone, la seconda un po' meno, la terza...

- Pervinca!

- Era un'idea.

- Come si fa, zia Tomelilla? - chiese interessatissima Babù.

- Bisogna osservare bene le penne della coda, se fra di esse ce n'è una color fico selvatico, allora è davvero innamorato.

- Sul serio???

- No - disse Tomelilla. - Volevo solo vedere se eravate attente. Non c'è modo in realtà. Però, osservandolo bene, è facile capire se quel pavone è davvero un pavone oppure un magico in vena di fare scherzi.

- E come?

La zia mostrò il libro.

- Guardate questa immagine: vi sembra possibile che un Magico, nel trasformarsi, possa ricordare tutti questi dettagli?

In effetti, fra coroncina, piume e colori... era un trionfo di dettagli e meraviglie.

- Se non dimenticherà qualcosa, probabilmente sbaglierà il verso.

- Perché, che verso fanno i pavoni?

- Orrendo! Di una sguaiataggine unica. In antitesi totale con la loro bellezza e regalità. Per questo è facile cadere in errore ed emettere il suono sbagliato.

Lalla Tomelilla guardò Pervinca.

- Perché ora mi guardi così? - chiese sospettosa la giovane strega.

- Perché sto per parlare di ragni.

- Sììì - esultò Vì. - Anche il mio Rex ha il diritto di innamorarsi, no? Ora che ci penso, vive sopra il mio letto da tre anni e non ha mai avuto una fidanzata.

- Chi ti dice che sia un maschio? - le chiese Vaniglia.

- Lo so.

- Da cosa?

- Facile: è grosso, muscoloso, pelosissimo... È un maschio.

- Guarda, Vì, che anche le ragne sono fatte così.

- Babù ha ragione - disse Tomelilla. - E, anzi, in certe specie le femmine sono perfino più grandi dei maschi e... molto poco romantiche, temo.

- Sarà per questo che Rex e io andiamo d'accordo - rise Pervinca. - E cosa fanno di poco romantico?

- Si mangiano il compagno.

- Ah.

- Contenta adesso? - chiese Babù. - Ora torniamo agli animali "normali", per favore!

- I moscerini - propose la zia.

- I moscerini???

Non era quello che intendeva Vaniglia.

- Non ci crederete, ma sono fra i più romantici - spiegò Tomelilla. - Pensate che certi insetti maschi hanno l'abitudine di portare un dono all'insettina che desiderano conquistare. In genere si tratta di cibo: un bozzolo di seta dentro al quale il maschio ha avvolto un altro insetto, una preda.

- Bleah! - fece Vaniglia. - Sono contenta di non essere un'insetta.

- Oh, aspetta a dirlo perché nelle specie più evolute di alcuni moscerini questa gentile abitudine si è mantenuta, ma, poiché sono vegetariani, il maschio regala alla femmina un bozzolo di seta vuoto, che comunque sarà molto gradito.

- Come a dire "basta il pensiero"?

- Proprio così. E basta davvero! Non è delizioso? Certi esseri umani dovrebbero imparare...

«Come la Pimpernel, per esempio» pensai io.

Ora, se vedeste un moscerino donare a una moscerina un bozzolo pieno... be', potreste aver scoperto un inganno.

- Interessante - commentò Vaniglia. - Adesso però potresti parlarci dei riti amorosi delle farfalle, delle rondini, dei delfini...

- Ti parlo dei polpi! Ti piacciono i polpi?

Vaniglia sospirò.

- Sempre meglio dei ragni e dei moscerini - disse.

- Be', ti sorprenderà sapere che il signor polpo,

quando è innamorato, cerca per la sua amata dei sassolini blu che poi ammucchia in bell'ordine davanti alla tana della polpessa.

- È vero? - chiese Vì. - O è un altro scherzo?

- È vero! Perciò, se mai vedeste dei sassolini verdi o rossi davanti alla tana di un polpo, sapreste che quella signorina dai bei tentacoli lunghi è corteggiata da un bugiardo o da un Magico trasfigurato e un po' ignorante.

- Me lo ricorderò quest'estate - disse Vaniglia infilando nella valigetta il quaderno e la matita. Zia Tomelilla chiuse il libriccino e la lezione terminò.

- Certo che gli animali sono dei bei romanticoni - commentò Pervinca infilando il quaderno nella valigetta. - Per fortuna noi giovani esseri umani non siamo così, non tutti almeno.

- Eh, be' - fece Tomelilla - diciamo che gli animali amano conservare le antiche tradizioni, mentre voi le state un po' dimenticando. E comunque io, da giovane, ero come te, cara Vì, selvatica e pungente come un'ortica, nonostante fossi una Strega della luce... Strano, non è vero?

- Sì, in effetti - rispose Vaniglia.

- Davanti a un gesto galante, a un dono romantico, a una frase gentile fuggivo via imbarazzata e quasi infastidita... - proseguì la strega. - Allora non sapevo spiegarmi perché, oggi so che era solo paura: non mi sentivo all'altezza di quelle attenzioni e dunque temevo che potessero non essere sincere.

- Avresti dovuto leggere questo libriccino, zia - disse Babù. Tomelilla sorrise.

- Hai proprio ragione, tesoro. Gli animali ci insegnano che l'amore è una cosa naturale e meravigliosa e che non ha bisogno d'altro che di un po' d'istinto e spontaneità. Per questo ho voluto mostrarvelo. Tieni, Vaniglia - disse Tomelilla porgendo il libriccino. - Vorrei che lo conservassi tu.

Vaniglia non riusciva a credere ai propri occhi: sfogliando le belle pagine intravide lucciole, cigni, delfini, rondini...

- Ci sono anche i pettirossi! - esclamò entusiasta.

- Già, quando sono innamorati cantano in modo meraviglioso, li avrete sentiti mille volte all'inizio dell'estate.

- Per la verità no - ammise Babù. - Cioè, non ricordo bene che verso facciano.

- Non te lo ricordi perché da qualche tempo cantano di notte, poveri uccellini. Di giorno c'è un tale rumore! I loro canti finiscono col mescolarsi alle nostre grida, al suono delle campane, al cigolio dei carri che vanno avanti e indietro con la frutta e con il fieno... Così, i pettirossi si sono fatti furbi e cantano le loro serenate di notte.

- Sono loro? Non lo sapevo.

- Non hai mai sentito papà gridare "Piantala, stupido pettirosso!"? - chiese Pervinca.

- No.
- Ah, già, tu di notte dormi.
- Però, i pettirossi, mica stupidi! - sorrise Vaniglia.
- A quanto sembra l'amore non sempre rende citrulli! - rise zia Tomelilla.

Quella fu una delle lezioni di magia che ricordo con più nostalgia, anche se, a ben vedere, di magico aveva avuto ben poco. E d'altra parte, Tomelilla aveva annunciato che sarebbe stata una lezione speciale, no?! E poiché la mia strega non faceva mai niente per caso sono convinta che quella lezione fosse il suo modo di parlare d'amore alle ragazze, ora che l'amore entrava nelle loro vite.

E d'amore parlò ancora, quella sera, durante l'Ora del Racconto, mentre mi descriveva com'era nata la storia della piuma color fico selvatico…

QUATTORDICI

Duff e Tomelilla

IL SEGRETO DEL MAGO E DELLA STREGA

"Mi piace l'Ora del Racconto. È così rilassante! Tomelilla pota e innaffia alla luce della luna mentre tu, Felì, le racconti la giornata delle sue nipotine, nel silenzio della notte. Non è perfetto?"

Quella notte Tomelilla non si occupò delle sue piante, come faceva di solito la sera prima di coricarsi. Si accomodò invece sul dondolo e per un lungo istante si cullò senza parlare. Di tanto in tanto sorrideva ed io intuii che da lì a poco mi avrebbe raccontato qualcosa, qualcosa che mi sarebbe piaciuto. Dovevo solo aspettare…

Indossava la gonna di lana ampia e pesante, color rosmarino e il pullover dei lavoretti in giardino, vecchio, morbido e caldo. Aveva un aspetto accogliente e confortevole e io individuai un posticino che sembrava fatto apposta per me: una conchetta, fra le pieghe dello scialle, sulla sua spalla. Volai a sedermi là e attesi che la mia strega iniziasse la sua storia.

- Te l'ho detto, Felì, che il Sindaco ha la varicella? - accennò lei a un tratto.

- No - risposi - avevo sentito che non stava molto bene, ma non ero neppure sicura che fosse vero.

«Tutto qui?» pensai. Poi lei sorrise.

- Venne anche a Duff - commentò divertita - la varicella, quando era bambino. Lo diresti che era un bimbetto insopportabile?

«Ecco» mi dissi «questa è la "mia" storia, quella che stavo aspettando».

- Era un ragazzino burlone e attaccabrighe. I suoi genitori dovevano sempre corrergli dietro: lui non aveva una fata, nessuno dei Burdock ne ha mai avuta una.

- Lo so - dissi. - Neanche Grisam ce l'ha.

- L'unico che Duff rispettava sempre era suo fratello Vic, il papà di Grisam...

- Per fortuna! - mi venne da dire. - Il signor Vic è grande la metà del signor Duff.

- È un molosso, vero?! E lo vedi ora che gli anni lo hanno appesantito. Ma da giovane era slanciato, forte e snello come un ramo di nocciolo. Tutte le ragazze gli correvano dietro...

- Oh, non stento a credervi, Tomelilla - dissi. - Strano che non si sia sposato.

- Si è sposato. A vent'anni.

- È vero? Il mago Duff? Non lo sapevo. E con chi?

- Si chiamava *Oleander* ed era una Strega del buio

molto graziosa e delicata, di poco più giovane di lui. Sparì un anno dopo il matrimonio, durante un attacco del Terribile 21. Per Duff fu un grave colpo. La cercò per mesi, dappertutto, e ogni fallimento non fece che alimentare in lui l'odio per l'Antico Nemico. Un giorno lasciò il villaggio e se ne andò. Così, su due piedi. Quando tornò, molti anni dopo, era un uomo diverso. Diventammo amici.

- Prima non lo eravate?

- Ci conoscevamo di vista e di nome. Io ero una ragazza seria, assorbita dai miei studi e dalle mie ricerche, non avevo tempo per i giochi e le sciocchezze. O almeno così credevo. In realtà, ascoltando i suoi racconti, capii che avevo speso gli anni più belli sui libri e mi venne voglia di recuperare, quando lui era ormai diventato un uomo calmo e serio. Si appassionò alle mie scoperte e io alla sua silenziosa inquietudine e al suo istinto intelligente. Parlava poco e mai a sproposito e mi sorprese scoprire quanto sapesse di magia e che incredibile memoria avesse. Eccezionale!

- L'ha ancora adesso! - dissi.

- Già... Come me, amava i fiori e le piante. Dai suoi viaggi aveva portato diversi semi e bulbi e radici a me sconosciuti. Li seminammo qui, nella serra che allora era di nostra zia. Riempimmo alcuni vasi di terra e in ciascuno mettemmo un seme e un cartellino con la data. Grazie alla memoria di Duff, disegnammo anche la pianta che sarebbe dovuta crescere. Con le nuove piantine, germogliò e fiorì la nostra amicizia.

Tomelilla fece una pausa. Poi, lentamente, riprese il racconto.

- Un giorno, in un vaso spuntò una pianta dalle foglie larghe, a forma di mani, con cinque dita, di un bel verde scuro e brillante.

- Un fico!

- Così sembrò anche a noi. Quella stessa estate, la nuova pianta fece i fiori e contemporaneamente anche i frutti: dei sacchettini verdi, polposi e profumati. Duff ne assaggiò uno e lo sputò subito.

- Era un fico cattivo? - chiesi.

- Era un fico selvatico! - spiegò Tomelilla. - Molto simile ai fichi che mangiamo, ma i suoi frutti sono amari e immangiabili. Duff li buttò nel giardino dei suoi genitori e ce ne dimenticammo. Un giorno, eravamo seduti sulla loro panchina, quando vediamo uno dei pavoni intento a corteggiare una pavonessa. Aveva aperto la ruota e danzava davanti a lei facendo vibrare i colori delle sue piume. Era davvero molto bello, ma la femmina sembrava più interessata a mangiare. Ci sporgemmo un poco e scoprimmo che ad attirare la sua attenzione era uno dei fichi selvatici di Duff. La pavonessa se lo mangiò in un boccone e subito partì a cercarne altri, trascurando il povero innamorato. "Caro mio", dissi scherzando al pavone, "dovrai inventarti qualcosa di meglio della tua ruota se vorrai conquistare il cuore di quell'altezzosa!". Duff si mise ridere e consigliò al pavone di tingersi le piume di verde fico selvatico.

Risi e, pensando che la storia fosse finita lì, ridendo, mi sollevai dal suo scialle. Lei invece continuò e quel che più mi stupì fu che d'un tratto sorrideva in modo che... non avevo mai visto, quasi... malizioso.

- Una sera - proseguì - studiavamo insieme una nuova formula, molto antica e misteriosa, e io volevo prendere appunti, ma non trovavo una matita. Continuavo a leggere, e intanto frugavo nelle tasche del grembiule. A un tratto, sentii la sua mano cercare la mia e mi ritrovai fra le dita una penna. Lo ringraziai, pensando si trattasse di una normale penna di gabbiano. Non la guardai neppure, la intinsi nel calamaio e la appoggiai sul foglio accanto al libro. Solo allora mi accorsi che non era bianca, ma verde, verde... fico selvatico. Sentii che se mi fossi alzata in quel momento, le gambe avrebbero ceduto, mentre le guance mi pizzicavano già per l'imbarazzo. Non ebbi il coraggio di parlare e così scrissi. Con la mia penna scrissi ciò che mi diceva il cuore. Fu tutto quel che accadde. Quella sera ci dichiarammo il nostro amore e tanto ci bastò. Sentivamo entrambi che l'età dei romantici fidanzamenti, del corteggiamento, delle promesse eterne era alle spalle, lontana.

- Che stupidaggine! - esclamai d'impulso e subito

mi tappai la bocca.

- Puoi ben dirlo, fatina - rispose Tomelilla alzandosi.

- Oh, invece non avrei dovuto... scusatemi, m'è scappato... proprio non volevo, non potevo... che frittopasticcio...

La strega alzò un dito e mi fece segno di tacere: aveva udito qualcosa.

- Lo senti, fatina? - mi chiese a un tratto sottovoce.

"No" feci con la testa.

Lentamente si voltò verso la porta di legno che dava alla casa e con un solo battito di palpebre la trasformò in una parete di cristallo. Dall'altra parte, Vaniglia e Pervinca, ancora acquattate come chi ascolta dietro l'uscio e non vuole essere visto, ci guardavano stupite.

- Il frittopasticcio lo combinammo noi, cara Felì - disse a quel punto la strega prendendo un sacchetto di tela e uscendo in giardino. Le ragazze la seguirono saltellando.

- Che forte, zia! - commentò allegra Pervinca. - Tu e lo zio di Grisam... innamorati. Babù lo dice sempre che dovreste sposarvi.

Tomelilla quasi inciampò.

- Ora ci metterai in castigo? - chiese Vì.

La zia non rispose. Con la mano mi indicò la mangiatoia degli uccellini in cima all'albero e io volai a prenderla.

- Pazienza, n'è valsa la pena - continuò la streghetta facendo spalluccia - sono contenta d'aver sentito. A noi non l'avresti mai raccontato.

- Che pasticcio combinaste tu e lo zio di Grisam? - chiese Vaniglia. - Visto che ormai sappiamo, tanto vale che finisci…

E Tomelilla finì, infatti, ma occorse un po' di tempo.

Mentre riportavo la mangiatoia piena sul ramo, le vidi inoltrarsi nel profondo della notte, fra le fronde umide e buie del giardino, i piedi avvolti dal vapore che saliva dai prati. La luna illuminava le loro nuche e accendeva di riflessi d'oro e d'argento i loro capelli. Non faceva molto freddo. In effetti, sembrava la serata giusta per andare a trovare "i vecchi amici" dopo i giorni dell'inverno. La neve s'era sciolta scoprendo le prime gemme.

Seguendo i passi perduti, la strega sfilò accanto ai rododendri, s'inoltrò sotto il vecchio faggio, indugiò intorno al roseto e proseguì fino al laghetto. Davanti all'acqua immobile si fermò ad osservare il proprio riflesso fra le ninfee ancora addormentate. Principe indulgente, il piccolo lago aveva lasciato che i salici e le peonie stendessero i loro rami sopra di lui per cercare il sole. Anche il canneto era cresciuto e di giorno Tomelilla aveva visto gli uccellini affannarsi nel fitto fogliame: presto sarebbero stati centinaia.

- Fummo un mago e una strega molto sciocchi - disse riprendendo il discorso - molto, molto sciocchi.

- Duff, dove trovò quella penna? - chiese Babù. - Te lo ha mai detto, zia?

- No… e non sono mai riuscita a capirlo. Nessun pavone s'è mai tinto le penne di fico selvatico, né ho visto mai un uccello di un simile colore. Che l'avesse creata lui è da escludere poiché Duff è un Mago del buio, perciò…

- Ti dispiace che non vi siate sposati?

Tomelilla sospirò e riprese a camminare.

- Quello che c'è fra me e Duff è un sentimento speciale - disse. Le ragazze le corsero avanti per ascoltare meglio e lei parlò guardandole negli occhi. - Ma, come vi ho detto, sì, rimpiango un po' d'aver avuto tanta paura, anche se... Vedete, oggi più che mai credo che non esista un unico modo d'amare. Me lo dicono gli animali e voi due me lo confermate.

Le gemelle si guardarono stupite.

- Siete identiche e capaci entrambe di grande amore, eppure lo donate in modo molto diverso. Ora… - Tomelilla si fermò di nuovo - l'amore è un argomento così complesso, soprattutto per una strega vecchia come me, ma… ragionando ad alta voce, chiedo a voi: se l'amore che riceviamo ci rende felici, e ci fa sentire vivi, se l'amore che doniamo rende felice colui o colei che lo riceve, di cos'altro dovremmo avere bisogno?

- Di essere vicini - disse Babù, e come lo disse arrossì.

- Eh, sì - rispose la zia, sorridendole - e talvolta non lo si è abbastanza, né la speranza di esserlo presto è sempre sufficiente, vero?

Babù abbassò lo sguardo e annuì.

- Come siamo complicati noi esseri umani, cara Felì...

- Complicati? Non so - risposi. - Io, se permettete, avrei scelto un'altra parola. Ho sempre pensato, infatti, che gli essere umani fossero "fragili" all'amore. Soffrono ancor prima di gioirne e temono che esso possa svanire come il fior dell'ipomea che fiorisce e subito muore, ma l'amore non è così. Il vero amore è solido come la roccia e sopravvive al tempo e alla distanza. Non lo dico io, lo sostengono i fatti!

- Spero tu abbia ragione, Felì - borbottò Vaniglia. Poi si rivolse un'ultima volta alla zia e le chiese se avesse conservato la piuma color fico selvatico.

- L'ho tenuta con me per molti, moltissimi anni - rispose Tomelilla. - Ora è nelle mani di un giovane innamorato. L'ho donata a lui nella speranza che gli porti fortuna e anche un po' più di coraggio di quanto ne diede a me... a noi.

QUINDICI

Nuovi Guai in Vista

LE FATE PORTANO NOTIZIE!

"Ricordo tutti i nomi: Soffiododicisofficisoffidivento, Miricorderòditeturicordatidime, Quattropetaliacuorehoportatoperte, Soffiosulfiorchefiorirà e infine, la più buffa di tutti e la mia preferita: Sentoipolliciche-prudono. Che brutte notizie portavano le fate?"

Era quasi l'alba quando Pervinca si svegliò.
- Cos'hai detto? - mi chiese.
- Io? Proprio niente - risposi.
- Eppure… vuoi dire che stavo sognando?
- Mi sa di sì.
- C'era qualcuno che gridava e un cane che… C'è un cane che abbaia, lo senti? Allora non era un sogno!
- Un cane? Sì, hai ragione. Lo sento adesso per la prima volta, però.
Vì si alzò e andò alla finestra.
- Sta succedendo qualcosa… - disse sottovoce.
- Davvero??? E cosa te lo fa credere?

- Le fate volano nella notte e anche la gatta è agitata.

Seduta alle sue spalle, Pampuria aveva le orecchie tese e agitava la coda.

- Urkablu! Dove hai visto le fate? - chiesi, volandole accanto.

- Due di loro sono passate proprio adesso qui davanti... Senti? È la voce di Rosicchio, sembra che abbai a qualcuno. Oh, ecco Prud!

Aprì la finestra e la fata più simpatica e grassotella del villaggio volò subito dentro.

- Che succede? - le chiesi.

- La Sindachessa è entrata nella baracca! - rispose lei andando a posarsi vicino alla stufa. - E Rosicchio l'ha morsa.

- OH, NO!

- Poverino! - disse Pervinca. - Ed è morto?

Prud si mise a ridere.

- Le ha fatto molto male? - chiesi io, seria.

- Purtroppo no, le ha solo strappato un pezzo del cappotto.

- Che guaio!

- Ben le sta! Così impara a intrufolarsi di nascosto nella nostra baracca! - disse Vì. - Ha mangiato la foglia?

- Chi, Rosicchio?

- No, la Pimpernel. Secondo te che l'hai vista, ha capito che abbiamo reso invisibili gli oggetti del

Capitano? Che la stanza non è davvero vuota?

- E chi lo sa! - rispose Prud. - Se n'è andata minacciando fuoco e fiamme, ha detto che avrebbe fatto rinchiudere Rosicchio e tutti i cani del villaggio in una gabbia e li avrebbe buttati in mare e bla bla bla… gridava come un'ossessa.

- Guai a lei se fa del male a Rosicchio - disse Vì sedendosi sul letto. - Dovrà vedersela con me!

- Oh, stai tranquilla - la consolò Prud - dovrà vedersela con tutti noi! Adesso mi scaldo un attimo e poi porto le ali a nanna.

- Nessun disturbo - disse Pervinca - tanto non riuscivamo a dormire, io almeno...

- Come mai?

- Pensieri…

- O-oh, - fece Prud ironica, piroettando su se stessa. - Benvenuta nel circolo. Io ne ho mille! Per esempio: come si piega un maglione con le maniche lunghe e il corpo stretto? Non per largo, non per lungo… Un problema, ve l'ho detto! Tu che pensieri hai, tesoro?

- Ecco - disse Vì - ho appena sognato quello che è appena accaduto.

- Buona notte - rispose Prud uscendo.

Pervinca s'infilò sotto le coperte.

- Avrà pensato che la prendessi in giro - disse pensierosa - invece ero seria. Domani andremo a parlare con il Sindaco…

- Non potete! - dissi. - Ha la varicella!

- La varicella? E noi l'abbiamo avuta, Felì?

- No, né tu, né Vaniglia.

- Ed è molto contagiosa?

- Molto! Ma perché me lo chiedi? Non potreste comunque disturbare il Sindaco ora che è malato.

- No?

- No.

- E allora, come facciamo? La Pimpernel tornerà all'attacco e scoprirà l'incantesimo...

- Forse potreste scrivergli una lettera.

- Non dire quella parola, Felì, che mi viene l'ansia. Basta lettere! Hai visto come ha reagito Scricciolo? Ha perfino ripreso a balbettare. Dobbiamo scoprire chi è questo Temby e sperare che sia tutto un malinteso. E poi dobbiamo difendere la baracca, proteggere Rosicchio e consolare Babù per il suo Jim... Che periodo! - Pervinca si lasciò cadere sul cuscino. - Be', intanto domani accompagnerò Grisam a parlare con Joe....

- Siete proprio sicuri che il guardiano sappia qualcosa? - chiesi.

- Felì - rispose lei portando le mani dietro la testa e sorridendo - oggi Joe ha mentito: ha detto di non conoscere Bullet e poi ne ha pronunciato entrambi i nomi, anche quello che Grisam aveva taciuto apposta. E quando uno mente, fatina, significa che nasconde un segreto.

SEDICI

La Dama Misteriosa

UNA FOTO DAL PASSATO...

"Io sono in ansia per Rosicchio... Io per Scricciolo... E io temo per Jim... Io per la baracca! E adesso, chi è mai questa dama misteriosa?"

Succedeva sempre nello stesso modo: prima un lieve scricchiolio, poi un leggero spadellio, la porta del giardino che si apre e poi si chiude, una sedia che si sposta, voci sommesse, un tintinnio di porcellane, il profumo di torta e caffè che sale dalle scale... Ed era domenica!

Di solito, se non l'avevano già fatto Dalia o Tomelilla, le gemelle correvano di sotto ancora in pigiama a prendere il Cesto delle Cortesie sui gradini di casa, dove veniva lasciato colmo di prelibatezze fresche di stagione gentilmente donate dai bottegai del villaggio.

Quella domenica, però, le gemelle avevano diverse cose da fare, molti misteri da risolvere e una brutta notizia da condividere. Così, dimenticarono il cesto - o forse stavano crescendo? - si vestirono, consumarono in fretta la buona colazione di Dalia e uscirono.

Lungo la via, incotnrammo la signora Ortensia, la zia di Flox.

- Buon giorno, zia Ortensia - salutarono le ragazze. - Flox è a casa?

- Oh, buon giorno, ragazze. No, la "peste" è uscita di buon mattino, non so… C'entrava il rosicchiatutto di McMike.

Le gemelle si guardarono allarmate. Salutarono la signora Pollimon, che stava andando a trovare Tomelilla, e corsero a casa di Flox, sperando di incontrarla. Invece, in cima alla scalinata che portava alla piazzetta, s'imbatterono in un agitatissimo Robin Windflower.

- LA… LA SINDACHESSA… È ENTRATA NELLA GROTTA! LA… LA SINDACHESSA È ENTRATA NELLA GROTTA! - gridava.

- Lo sappiamo - gli risposero le ragazze - ce lo ha detto Prud. Tu da chi l'hai saputo?

- Da… da Flox. Gli è corsa dietro.

- Alla Sindachessa?

- No.. no, a Rosicchio. Sembra… sembra che abbia morso la signora Pimpernel.

- E perché Flox gli è corsa dietro?

- Per… per nasconderlo, credo... - Scricciolo si strofinò il naso con le mani sporche e lanciando rapide occhiate a destra e a sinistra, come faceva sempre quando era molto agitato, aggiunse: - La... la Pimpernel vuole rinchiuderlo!

- COSA? Vuole imprigionare Rosicchio? - Vaniglia strabuzzò gli occhi.

- Ha… ha morso una persona e… ed è un cane pericoloso, così dice.

- Non ha morso una persona, ha morso lei! - intervenne Pervinca. - Non devono rinchiuderlo, devono dargli un premio. Sai se Faccia-di-Fagiano ha scoperto l'incantesimo?

- No… no. Non lo so.

Corsero tutt'e tre da Grisam e lo trovarono sulla porta che si asciugava le mani in uno strofinaccio. Stava aspettando Pervinca per andare a trovare il signor Joe. Le ragazze lo misero al corrente dei fatti e il giovane mago distribuì subito gli ordini: - Babù, tu vai ad avvertire McMike di quel che ha combinato il suo cane, poi cerca Flox e nascondete Rosicchio. Robin, tu vai da Demenzio Hobbs e chiedi un appuntamento col Sindaco e intanto…

- Il Sindaco ha la varicella - disse Babù. - Non potrà riceverci per un po'.

- Fantastico! - fece Grisam ironico. - È proprio tutto dalla nostra parte. Be', vai lo stesso da Hobbs, Robin, e senti cosa ti dice e già che sei lì cerca di capire cos'ha scoperto la Pimpernel.

- E... e poi che faccio?

- Se la Sindachessa ha scoperto qualcosa, vieni subito a riferirmelo, intesi? Pervinca, tu…

- Io vengo con te, ricordi? - disse Vì.

- Giusto, noi andiamo da Joe. Avvertite la Banda di venire sotto Quercia fra un'ora. Tutto chiaro?

- Chiarissimo, Capitano! - risposero Babù e Scricciolo. Scricciolo, però, disse "chiarissimo" due volte.

- Joe… Joe sa cose su Talbooth? - chiese, prima di correre via.

- Spero di sì - rispose Grisam. Il ragazzino si calcò il berretto in testa e lanciò le gambette ossute e viola dal freddo giù per la strada che conduceva al Nuovo Municipio.

- Hai già in mente cosa dire al nostro guardiano per convincerlo a raccontarci quello che sa? - chiese Pervinca mentre si avviavano verso la scuola.

- Be'... - rispose Grisam, prendendola per mano - intanto lo metterò davanti alla bugia che ha detto ieri e poi vediamo come va.

Mi aspettavo di vedere Pervinca ritirare la mano e invece...

- Buona idea - disse tranquilla. - Ma se non ci dice niente?

- Allora proveremo a fare uno scambio.

- Intendi pagare Joe per delle informazioni???

- No, gli mostrerò questa…

Il giovane mago tirò fuori dalla tasca una vecchia

fotografia e la passò a Pervinca.

- Ieri sera ho chiesto a mia mamma se ricordava che Talbooth avesse mai nominato un certo Temby, o una certa Anna... e lei mi ha dato questa. Temby non lo aveva mai sentito neppure nominare e se Talbooth ha mai parlato di ragazze, di certo non lo ha fatto con lei. Però c'era questa fotografia nel libro bianco che il Capitano ha lasciato in eredità ai miei per i conti della bottega.

- Chi è? - chiese Vì osservando la fanciulla nella foto.

- Non lo sappiamo. Purtroppo non c'è una firma né una dedica.

- È bella...

L'immagine era sbiadita dal tempo, ma risaltava ancora l'eleganza della figura e la naturale, limpida regalità del suo volto. La graziosa signora vestiva un abito scuro, morbido sui fianchi e ingentilito da un colletto di pizzo chiaro, alla moda di un tempo. Al braccio portava una borsetta, di quella che le signore usavano la domenica, e le scarpe, allacciate sul piede, mostravano un tacco sobrio e comodo. Non aveva il cappotto e i ragazzi dedussero che la foto fosse stata scattata nella stagione tiepida. Sorrideva timidamente, come chi non è abituato a farsi fotografare e non sa che espressione assumere.

- Che sia Anna? - chiese Vì.

- Uhm... - fece Grisam dubbioso. - Penso piuttosto

una parente di Talbooth, sua sorella, o sua mamma. Non era nel baule, dove secondo me il Capitano ha messo tutti gli oggetti appartenuti a Temby, come il baule stesso, d'altronde. Era in un suo libro, in casa, perciò è roba sua.

- Forse hai ragione - fece Pervinca perplessa - eppure c'è qualcosa che non torna...

Trovarono il signor Joe nel recinto dei maialini. Come il guardiano li vide, alzò gli occhi al cielo e cercò di fuggire.

- Non ho tempo ora, è domenica, tornate lunedì - disse, chiudendosi nel gabbiotto degli attrezzi. Vista la reazione, Grisam passò subito al piano "B" e infilò la foto sotto la porticina.

- Vogliamo sapere chi è, Joe, poi ti lasciamo in pace - disse, mentendo.

- Non so come si chiama - rispose la voce di Joe dall'interno.

- Però l'hai già vista, giusto?

- Non in questa foto.

I due ragazzi si guardarono stupiti. Un'altra foto? Pervinca attaccò col piano "C", ovvero la supplica...

- Joe, ti prego, esci fuori - lo implorò. - Abbiamo un terribile dubbio che ci tormenta. Non stiamo giocando, è una cosa seria.

Silenzio.

- Se non ci aiuterai, perderemo tutti qualcosa e

forse ci andrà anche di mezzo la salute di Robin Windflower.

Clock!, fece la porta del gabbiotto. La faccia del guardiano spuntò dallo spiraglio.

- Il piccolo Robin sta male? - chiese preoccupato.

- No, non proprio, ma ha ripreso a balbettare…

- Oh, sì, l'ho sentito. Com'è successo?

Era il momento di abbandonare il riserbo.

- Grisam ti ha detto che abbiamo trovato una lettera… be', in quella lettera si mette in dubbio la sincerità del Capitano e quando Scricciolo l'ha saputo ci è rimasto così male che…

- Che storia è mai questa? - esclamò Joe uscendo e sbattendosi dietro la porta. - Chi ha scritto quella lettera? Gliela faccio mangiare!

- Non lo sappiamo, Joe, per questo siamo qui, devi dirci tutto quello che sai su William Talbooth, per favore.

Il guardiano si riprese sulle spalle il sacco con il mangime e fece segno ai due giovani di seguirlo.

- So che era un Capitano valoroso e tanto dovrebbe bastare - borbottò attraversando il recinto delle oche. - Invece, c'è sempre qualcuno che deve cacciare fango su qualcun altro… bah. Lui non vorrebbe che ve lo dicessi… Non era tipo da infangare la memoria degli amici, William, neanche di coloro che l'avevano tradito…

DICIASSETTE

Bullet il Brigante

I SOSPETTI DEL CAPITANO

"Lo sapevo, Temby è il traditore! Era un vecchio amico di Capitan Talbooth e gli ha soffiato il comando della nave. È andata così, Felì?"

Gravato da un'onda di ricordi che forse avrebbe voluto dimenticare, l'anziano signore sentì la necessità di sedersi. Passò il sacco a Grisam e raggiunse il sedile di pietra che lui stesso aveva sistemato contro il muro degli orti, per godersi il risultato del suo lavoro. Pervinca gli si sedette accanto, mentre Grisam portò vicino una grossa pietra.

- Chi ha tradito il Capitano? - chiese accomodandosi alla meglio davanti agli altri due.

- Bullet!

- Bullet? Charles Albert Bullet? Il comandante del *Sunboat*? Ma se appena ieri ci hai detto che non lo... fa niente. Noi però sapevamo che Talbooth e Bullet erano amici...

- Così credeva anche il povero William - spiegò il

guardiano. - Invece, quello squalo traditore approfittava dell'amicizia dell'uomo migliore del mondo per compiere atti scellerati, orrendi!

- Orrendi???

- Tipo? - chiese Pervinca arricciando il naso.

- Arrembaggi! E saccheggi… perfino omicidi!

- Charles Bullet era un assassino?

- Non lo sono forse tutti, i pirati?

I due amici strabuzzarono gli occhi.

- BULLET ERA UN PIRATA???

- Della peggior specie! Era il capo di tutti i pirati.

- Pazzesco! Anche lui! - esclamò Pervinca. Joe si voltò incuriosito.

- Perché, chi altri lo era?

- Il nonno di Jim Burium, l'inventore.

- Il giovane che se n'è andato? Bah - fece Joe, sbattendosi il cappello su un ginocchio in segno di disgusto - a questo mondo non ci si può fidare che della propria madre.

Grisam intanto stava seguendo un pensiero…

- Perciò il *Sunboat* non era un brigantino della Reale Marina, come l'*Isabella II* - disse - ma una nave pirata! E Talbooth non se n'era accorto?

- Non se n'è accorto perché Bullet conduceva due vite - spiegò il guardiano - quella del rispettabile e onorato Capitano quando era nei porti e in compagnia di William, e quella del pirata quando era lontano, in mare aperto, con la sua masnada.

- E come l'ha scoperto il Capitano?

- Come? Come tutti i poveretti prima di lui! - rispose Joe. - Un bel giorno, che di bello non aveva un capello, se l'è trovato davanti armato fino ai denti. Lui e quei cani dei suoi compagni. Sbucati dalla nebbia. Hanno abbordato l'*Isabella II*, l'hanno depredata del carico e le hanno dato fuoco. Solo il caso ha voluto che William non fosse ucciso. Peste li colga! Se ci ripenso...

- No, aspetta un momento... - fece Grisam, interrompendo il racconto del signor Joe. - Capitan Talbooth ci ha detto d'aver trovato il *Sunboat* che stava affondando, in fiamme. E questo è successo prima che i pirati assalissero l'*Isabella II*: com'è possibile?

- Bullet era un brigante, ma era anche furbo come una volpe. Lui stesso diede fuoco al *Sunboat*, poiché sapeva d'essere stato scoperto. Se non ricordo male è andata più o meno così: l'*Isabella II* e il *Sunboat* erano ormeggiati in porto, vicini. Una bella sera, arriva una nave. William non l'ha mai vista, ma spera porti notizie da casa e così va a parlare con l'equipaggio. Scopre allora che la goletta è sopravvissuta miracolosamente a un assalto di pirati e che a bordo sono rimasti solo cinque mozzi, feriti e assetati. Ma pur sempre vivi e perciò cinque testimoni, dico io. William offre loro aiuto e sostegno. Torna alla propria nave per ordinare al medico di occuparsi dei cinque poveretti e trova che Bullet è partito!

Pervinca guardò Grisam: pensava anche lui ciò che stava pensando lei, e cioè che, fin lì, il racconto di Joe coincideva perfettamente con quello del Capitano Temby?

Grisam annuii.

Il guardiano intanto prese fiato e continuò…

- Quel vigliacco d'un pirata aveva levato le ancore così in fretta che uno del suo equipaggio era rimasto a terra, e mica uno qualunque! - disse.

- Ah, no?

- Macché, Bullet quel giorno tradì non uno, ma due amici! A sentire William, quella carogna lasciò indietro il suo compagno più fedele, l'unico di cui poteva fidarsi davvero fra quelli che aveva a bordo. Già, ma cosa ne sapeva lui di fedeltà e amicizia… Bah!

Temby però non lo aveva descritto così nella lettera, pensai.

- Joe, sei certo di non confonderti? - chiese infatti Pervinca. - L'uomo lasciato a terra da Bullet… sicuro che non fosse una specie di vagabondo pulcioso, che andava sempre a zonzo per i vicoli dei porti e per questo è rimasto a terra?

- So quello che mi ha raccontato Talbooth e lui m'ha raccontato così.

- E Talbooth ti ha mai detto come si chiamava quell'uomo?

Il guardiano scosse il capo.

- No, mai - rispose - disse però che lo prese a bordo lui. E fu sempre felice d'averlo fatto.

- Era stato Bullet ad abbordare la goletta che era arrivata in porto?

- Certo - rispose Joe - lui e i suoi "barracuda"! Che il vento se li porti! I cinque sopravvissuti non fecero il suo nome perché non lo conoscevano, ma lo descrissero bene e descrissero il *Sunboat*!

- E così al Capitano vennero dei sospetti...

- Oh, William non voleva crederci, ma qualche sospetto gli venne. E Bullet, per levarglielo, affondò il *Sunboat* e fece credere all'amico d'essere morto per mano dei pirati. William cadde nell'inganno. Era un uomo onesto, si capisce, privo di malizia, tutto l'opposto di quell'altro maledetto. E non crediate che fosse uno stupido, perché non lo era affatto.

Il guardiano si rialzò.

- Che ore si sono fatte? - chiese stringendo gli occhi per guardare il cielo. - È quasi mezzogiorno, devo bagnare i cavoli.

I ragazzi lo seguirono oltre la porticina che dava sugli orti più esposti, e il giovane mago si offrì di portargli il sacco mezzo pieno di mangime.

- Joe - disse a un tratto Grisam con tono perplesso - se il *Sunboat* era affondato, come hanno fatto Bullet e suoi uomini ad abbordare l'*Isabella II*?

- Hanno usato un'altra nave, la *Rondine Grigia* mi pare si chiamasse, un nome grave, insomma, cupo.

I due amici aiutarono Joe ad innaffiare i cavoli e riempirono per lui due sacchi interi di erbacce e foglie secche.

- Attenta, ragazza - avvertì a un tratto il guardiano - quello è il sacco sbagliato!

Pervinca guardò meglio e scoprì che stava mettendo le foglie nel sacco del mangime.

- Oh, che stupida, scusa... - disse ridendo - per fortuna te ne sei accorto, Joe, altrimenti non avresti più saputo qual era il sacco per gli animali.

- Così fece William! - esclamò il guardiano. I ragazzi smisero di lavorare e stettero ad ascoltarlo. - Convinto che i pirati infestassero ancora il mare intorno a lui, aprì le casse che gli erano state affidate e coprì il contenuto prezioso con i libri che c'erano a bordo, stoffe... cose di poco valore, capite? Che non facevano gola a nessuno e avrebbero indotto i malintenzionati a lasciare le casse dove si trovavano.

- Ma non andò così, perché Bullet rubò le casse e tutto il resto, giusto? - domandò Pervinca. Il guardiano annuì. - È strano... - proseguì la strega - mi chiedo allora da dove vengano tutti i bellissimi oggetti che Capitan Talbooth ha lasciato in eredità e che colmavano la sua casa e la baracca!?

- Dal mare - rispose il guardiano senza incertezza. Pervinca gli sorrise.

- Certo - disse gentile.

Né lei né Grisam desideravano in alcun modo

rovinare il bel ricordo che il Capitano aveva lasciato nel cuore dell'amico. E tuttavia a entrambi, per la prima volta, era venuto in mente un pensiero, e cioè che il mare non restituisce lettere, né grammofoni, né foto...

- Hai detto che l'avevi già vista, Joe - chiese Pervinca mostrando di nuovo la fotografia della misteriosa fanciulla - chi è?

- Non lo so.

- Oh, via, il Capitano non può averti mostrato la foto di qualcuno senza dirti chi era. È sua moglie? Qualcuno che amava?

- Ho detto che non lo so.

La streghetta sorrise.

- Non te le ha mostrate, vero? Le hai viste tu per caso... Dove?

- A casa sua - bofonchiò il signor Joe.

- Quando?

- Tempo fa.

- Il Capitano era ancora vivo?

Joe si voltò offeso.

- Certo! Per chi mi prendete? Non sono uno che va a frugare, io! Un giorno, mentre William metteva in ordine, scivolarono fuori da un libro. William metteva sempre in ordine...

- E tu, che sei una persona gentile, gliele hai raccolte e così hai visto lei! E nelle altre foto chi c'era?

- Bah... non sono stato lì a fissarle.

- No, certo, però magari ricordi d'avere visto vagamente qualcosa, qualcuno...

- Un tizio in divisa, un giovane mi pare, e poi lo stesso tizio con un cane...

- Ricordi dove le ha messe il Capitano, Joe? Dopo che tu gliele hai consegnate, dove le ha infilate?

- Nel suo baule - rispose il guardiano. - Ma a voi due non v'aspetta nessuno? Non avete una mamma e un papà che vi cercano per il pranzo?

- Accidenti, sì, l'appuntamento! - esclamò Grisam. - Che ore sono?

Il signor Joe guardò di nuovo il cielo.

- È bell'e passata la mezza - disse avviandosi verso il gabbiotto.

DICIOTTO

L'Assemblea di Capitan Grisam

MA QUALCUNO TRAMA NELL'OMBRA...

"Chissà se Capitan Talbooth sapeva che nel libro bianco che stava lasciando ai Burdock c'era quella fotografia? Io penso di sì, sai, Felì? Penso addirittura che l'abbia fatto apposta..."

Nei piccoli villaggi le voci si diffondono in fretta, si sa, e se quelle che riguardano i cittadini comuni sembrano avere le gambe per correre, le notizie che riguardano i personaggi importanti hanno addirittura le ali!

Perciò, che Adelaide Pimpernel, l'altezzosa e superpetulanpettegola moglie del Sindaco, s'era presa un morso dal cane di McMike, era già noto tutti.

Nelle botteghe, lungo le vie, davanti alle staccionate delle case... non si parlava d'altro. Le signore se lo bisbigliavano da un giardino all'altro in punta di piedi, fra una molletta e un panno steso, i signori ci scherzavano davanti al bancone del pub, i marinai borbottavano e scuotevano la testa...

- Cosa ne pensi? - chiese Pervinca a Grisam mentre i due amici tornavamo verso la Piazza.

- Del fatto che nessuno si fa i fatti propri? - rispose il giovane. Erano appena passati accanto alla bottega del fabbro quando le risate di Lilium Martagon erano rimbombate più forte del suo martello.

- No, di quello che ha detto Joe.

- Speravo sapesse di più, però non è andata male.

- Vero? Almeno non ha dato un'altra versione e ora sappiamo ben due cose in più rispetto a prima: sappiamo il nome del pirata che assalì l'*Isabella II*...

- Già, però chi la comandava: Capitan Talbooth o Capitan Temby?

- Da come parlava, mi è sembrato che Joe non sapesse nulla di Temby - disse Vì - mentre ci ha confermato che esistono altre foto, e questa è la seconda cosa che sappiamo.

- Sì, però dove sono? Nel baule no di sicuro, l'abbiamo guardato da cima a fondo... Oh, sono già tutti là - disse Grisam alzando gli occhi.

Rispettando gli ordini, la Banda s'era radunata sotto i rami spogli di Quercia che, felice d'avere i ragazzi intorno, stava intrattenendoli con le sue luuunghe e leeente chiacchiere.

- OOOH, BEEENEEE, EEECCOOO CHEEE AAARRIIIVAAANO I DUUUE INNAAAMORAAATI - disse il grande albero col vocione ampio e cavernoso, ma senza alcun'intenzione pettegola, poiché non lo era affatto.

Qualcuno, sommessamente, scoppiò a ridere. Pervinca alzò gli occhio al cielo.

- POORTAAATE BUUUOOONE NOOOTIIIZIEEE? È MOOOLTO CHEEE ASPETTIIIAAAMOOO...

- Ditemi prima di Rosicchio, è al sicuro? - chiese Grisam avvicinandosi.

Vaniglia annuì.

- Tutto a posto, è con Flox - disse.

- E il Sindaco?

- Non... non sono riuscito a sapere niente perché Hobbs non era in ufficio - spiegò Scricciolo - e... e la Sindachessa non era in casa. Alla... alla baracca comunque per ora è tutto tranquillo. E... e Joe?

- Ora vi racconto... - Grisam conquistò uno spazio sullo schienale della panchina, in mezzo al gruppo, e indicò a Vì un posticino libero vicino a lui. Da quando Capitan Talbooth se n'era andato, i giovani del villaggio avevano scelto il giovane Burdock come nuovo capitano perché era il più saggio e il più coraggioso fra loro, e il più abile coi poteri. Capendo che avrebbe raccontato qualcosa, i ragazzi si strinsero ancora di più intorno a lui e lo ascoltarono parlare.

Grisam riportò per filo e per segno la storia appena udita da Joe: inutile dire che il tradimento di Bullet indignò la Banda tanto quanto la foto della dama misteriosa la incuriosì.

- Com'è bella - sussurrò Vaniglia.

- Vero? L'ho detto anch'io - rispose Pervinca.

- E se fosse Anna?

- Si vede che siete gemelle, voi due - intervenne Grisam - state dicendo le stesse cose.

- Proprio come Temby e Talbooth, forse erano gemelli anche loro - scherzò Flox.

- Già - le fece eco Tommy Corbirock. Lui però era serio. - Entrambi hanno dato la stessa identica versione dei fatti, uno l'ha scritta in una lettera e l'altro l'ha raccontata al suo migliore amico. Erano proprio precise identiche, non è strano?

- Bisognerebbe chiedere al Sindaco se qualcuno ha ricevuto in eredità una scatola di fotografie, o un libro, o se ricorda addirittura d'aver visto quelle foto - disse Vaniglia.

- Quercia - disse Nepeta rivolta all'albero - tu ne sai niente?

- Nooo - rispose Quercia molto dispiaciuta di non poter essere utile. - NOOON HOOO MAAAI VIIISTOOO UNAAA FOTOOOGRAFIIIA, NEEESSUUUNO MOOOSTRAAA FOOOTOOOGRAFIIIE A NOOOI AAALBEEERIII.

- Ma forse ne hai sentito parlare... Ricordi d'aver visto qualcuno attraversare la Piazza e dire quanto fosse felice, o stupito, d'aver ricevuto delle fotografie del Capitano in eredità?

Quercia aveva molti pregi e fra questi c'era senza dubbio che era un albero sincero e rispondeva sempre a tono. Sempre!

- Nooo - rispose infatti - NOOON HOOO MAAAI VIIISTO

NEEESSUUUNO ATTRAAAVERSAAARE LAAA PIAAAZZAAA DIIICENDOOO D'EEESSEEEREEE FEEELICEEE PEEER AVEEER EEEREEEDITAAATOOO O VIIISTOOO LEEE FOOOTOOO...

Francis Corbirock la interruppe esasperato: - Sai se qualcuno ha ricevuto in eredità le foto di cui stiamo parlando, Quercia?

- NOOO, NOOON LOOO SOOO. PERÒÒÒ UUUNA VOOOLTA HOOO VIIISTO IIIL SIIIGNOOOR MCMIIIKE CHEEE...

- C'entra con le foto, Quercia? - gli chiese Francis.

- NOOO, NON FOOOTOOO...

- Allora ti dispiace se ce lo racconti un'altra volta? Adesso dobbiamo scoprire dove sono le fotografie del Capitano, capisci?

- Sììì.

- Io, se posso intevloquive un momento, sposo intevamente l'idea di pavlavne al Sindaco - intervenne Acanti. - Poiché pevò il povevuomo è ammalato, potvemmo chiedeve un appuntamento con Hobbs e sapere da lui quando... Oh, sta avvivando Flox!

Arrivava sì, e di corsissima!

- HANNO PRESO ROSICCHIO! HANNO PRESO ROSICCHIO! - Strillava.

- Cosa... cosa dici? Chi... chi l'ha preso? - chiese Scricciolo. La ragazzina aveva corso così in fretta ed era talmente agitata che faticava a spiegarsi. Con un braccio teso però indicava il Municipio.

- La Pimpernel?

Flox fece "sì" e "no" con la testa.

- Prendi fiato e spiegati, per favore. Dove l'hanno portato?

Lei indicò di nuovo il Municipio e fra uno sbuffo e l'altro, riuscì a dire:

- C'erano anche il mago Voltar e Hobbs!

Poi aggiunse una cosa ancora più terribile: i tre manigoldi lo avevano portato ai Magazzini!

I "Magazzini del Mare", come gli abitanti di Fairy Oak li chiamavano ironicamente, erano delle grotte sotterranee che un antico torrente aveva scavato nella roccia sottostante il villaggio. Vi si accedeva dalla spiaggia, attraverso un breve passaggio che per un po' correva in piano, poi s'inclinava e prendeva a scendere finché, a un tratto, precipitava decisamente verso il basso. Per scendere nei Magazzini serviva una scala! Un tempo, là sotto venivano portate le cose vecchie, quelle delle quali non si sapeva cosa fare, o che non erano riutilizzabili, o non bruciavano: casse di ferro arrugginite, barili d'olio, àncore spezzate, valigie, sacchi di robaccia... Pochi però sapevano che da alcuni mesi, quando il mare s'ingrossava, i Magazzini si allagavano fino al soffitto.

Grisam lo sapeva e infatti guardò subito il mare e vide la spuma bianca delle onde.

- CORRIAMO, PRESTO - gridò alla Banda.

- Non potevi fermarli, Flox? - chiese Nepeta.

- Erano tre contro me! - rispose la giovane strega disperata. - Cosa potevo fare? Ho provato a trasformarli, ma ho colpito solo Hobbs che adesso cammina con zampe da rana. Anzi, salta, a camminare non ci riesce più. Pensate che hanno messo Rosicchio in un sacco, povero cane!

- Oh, Flox... mi dispiace tanto averti lasciato sola - disse Vaniglia. - Avrei dovuto rimanere con te e... *Bonf!*, fece andando a sbattere contro la gigantesca signora Pull. Rimbalzò e cadde per terra.

Rondine Nera

SOUTH

Libro di Bordo
del Capitano
Albert Bottlenose
al comando della
Rondine Nera

Ruolino di Bordo

Craig Shriver detto PERDONO: Quartieremastro
Bob IL BANDITO: Secondo Ufficiale
Paul LUSTRAVELE: Nostromo
Jack SENZAGUANTI: Capocannoniere
John MANIBRUCIATE: Mozzo alle munizioni
Angel MALDIMARE Blackhair: Cuoco
Dave SPALLUCCIA Shuck: Aiuto Cuoco
Doc IL PUTRIDO: Medico di Bordo
Luke Rosever detto TANGAROA: Musico di bordo
Angus OCCHIONERO: Gabbiere
BIG HORNE McCartney: Gabbiere
Cyrus LA CERNIA: Vedetta
Francis APPLECAKE: Marinaio
Archibald Wilkinson detto NO: Gabbiere
Nathan IL FRADICIO: Marinaio
Vice Like LA MORSA: Marinaio
TALBOOTH: Cane del Comandante

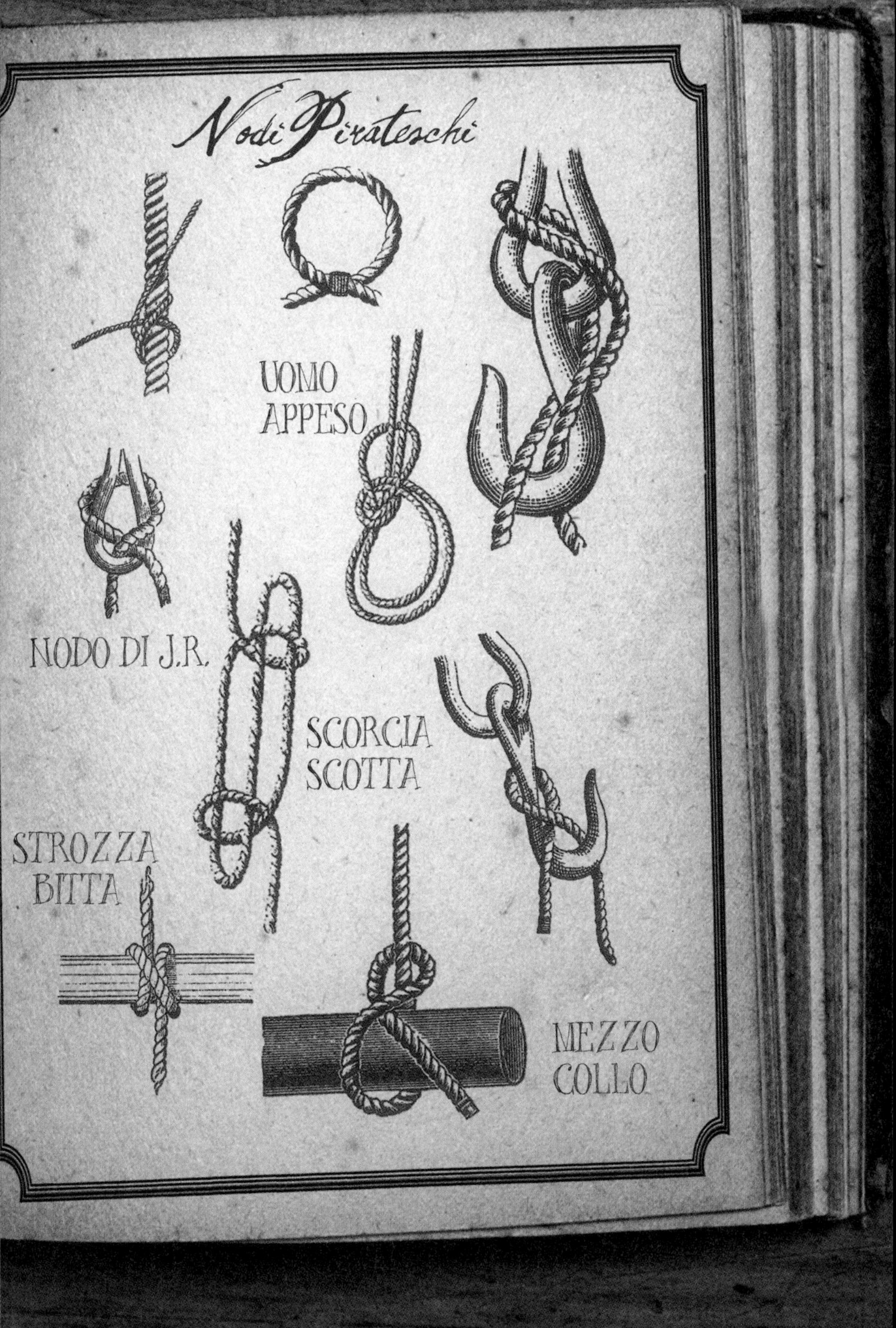
Nodi Pirateschi
UOMO APPESO
NODO DI J.R.
SCORCIA SCOTTA
STROZZA BITTA
MEZZO COLLO

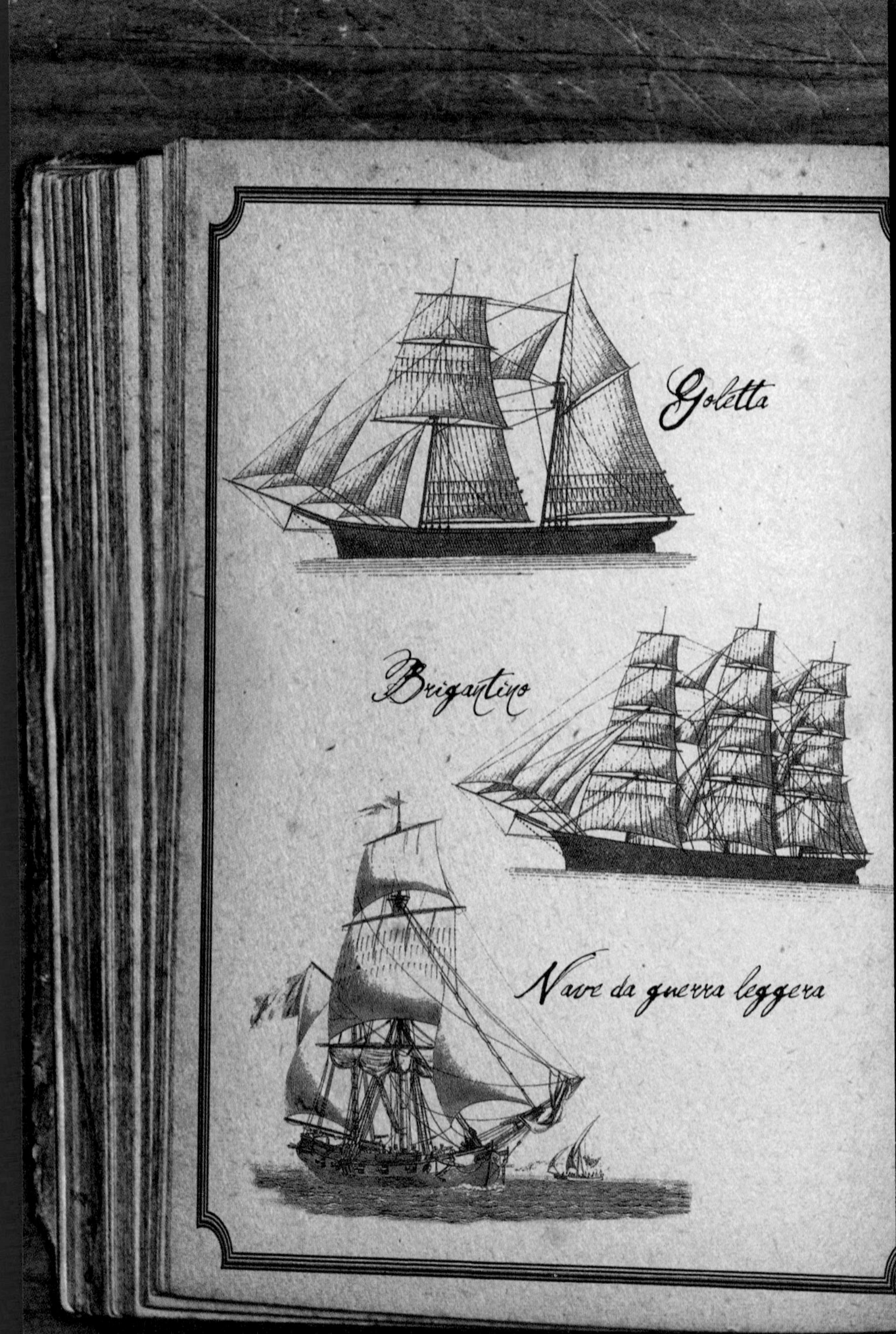
Goletta
Brigantino
Nave da guerra leggera

3 Febbraio

Lasciata la base,
veleggiamo verso Capo Tradimento
per incrociare il naviglio avvistato
due giorni fa. Se è la nave che penso,
ci attende un abbordaggio facile e un lauto bottino.
Edward non sospetta nulla, ma devo essere cauto.

4 Febbraio

Accidenti a quel marinaio d'acqua dolce di Grover!
Abbiamo dovuto bussargli in cabina per avvisarlo
che la sua nave era nelle nostre mani. L'intero equipaggio
puzzava di grog, perfino gli ufficiali!
E i topi allattavano i cuccioli nei loro cannoni.
Una nave così bella in mano a un tale impiastro d'uomo,
che spreco, mi dico.
Bottino: una cassa d'oro e i gioielli di Grover.

5 Febbraio

Approfittando del buio, lasciamo gli ormeggi. La goletta di Grover è riuscita a tornare in porto e ha attraccato vicino a noi. Disdetta, non conoscono il Sunboat, ma hanno visto <u>me</u> sulla Rondine Nera! Devo fuggire! Se ancora riescono a parlare, i sopravvissuti riveleranno la mia identità di pirata. E poiché Edward il buono è andato a informarsi sul loro stato di salute, c'è da scommettere che la riveleranno proprio a lui! Quando imparerà quell'uomo a farsi i fatti propri! Presto capirà. Devo nascondermi...

PESSIME NOTIZIE!
Quello scellerato di Lustravele non mi ha detto che Talbooth <u>era a terra</u> quando siamo salpati. Ora non ho più il mio cane con me e dunque nessuno di cui potermi fidare davvero...

6 Febbraio

Infine ho deciso. Il Sunboat brucia.
Le fiamme si levano alte dai suoi onorati legni e si mescolano alle fiamme del sole che tramonta a ovest. Lo spettacolo è tragico e bellissimo. Era l'unica cosa da fare.

Edward non è uno sciocco! Se gli uomini della goletta hanno descritto chi li ha assaliti, lui ora sa ogni cosa sul mio conto. O almeno sospetta.

Il falso attacco che ho messo in scena convincerà l'amico, e tutti gli altri, che <u>Charles Albert Bullet</u> era in verità un onesto. Vittima io stesso dei pirati, mi penseranno in fondo al mare con la mia nave.

Il fumo verrà presto avvistato.

Ora che ho salvato l'onore del Capitano del Sunboat mi accingo a essere solo Albert Bottlenose il pirata, al comando della Rondine Nera!

7 Febbraio

Che il destino si accanisca su di me
e su quel merluzzo di Temby!
Non sarebbe partito prima di un mese, così aveva
detto, un mese! Come potevo immaginare
che fosse sua la nave ingabbiata dalla nebbia.
Il profilo di una facile preda, questo ho visto.
E me lo ritrovo davanti, armato e pronto
a difendere il suo carico e il suo vascello. Poveraccio.
Neppure mi fosse stato padre, o madre, o fratello
soffrirei così per lui. E per questo lo maledico!
Che vada in fiamme lui pure. Gli salvo la vita
e gli lascio bastanti uomini per navigare, e anche
il mio cane Talbooth, che lo tenga lui che è cane
nel cuore, leale e fedele. Che altro posso fare?
Sono un pirata. Beffardo destino...

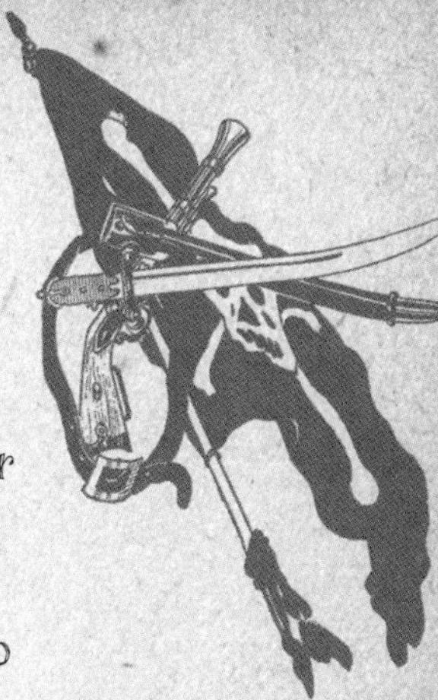

8 Febbraio

E così derubo un amico e quasi
lo uccido per oro e gioielli...
l'ho detto, sono un pirata,
ma i libri e i giocattoli, e i lini per
Anna che facevano nelle casse?
Furbo e stupido d'un Temby.
Credeva d'ingannarmi e s'è fatto
derubare delle sue cose.
E così derubo anche una donna e dei
bambini...
Sono un pirata, ma sono anche un uomo!
E ora mi perseguita il suo sguardo tradito, mi feriscono
la profonda integrità e l'onestà del suo cuore,
mi tortura sapere che un uomo molto migliore di me
va alla deriva e forse è già morto,
e la sua adorata famiglia lo aspetta e lo piange per
causa mia. È la prima volta, mi chiedo?
No, no che non lo è! Centinaia ne ho affondati e dati ai
pesci, perché questo mi perseguita?
Amico è la parola. Lo amavo e lo stimavo e mi fregiavo
d'essere riamato e stimato da lui. Che ho fatto?

9 Febbraio

Da settimane navighiamo e nel mio tracciare
le rotte bado ad evitare altre navi, lo so.
Non ho lo spirito per un altro assalto, mi manca il
coraggio, per la prima volta.
Gli uomini mugugnano e Shriver non fa che
guardarmi e sollecitarmi a liberare l'animo
dal peso che lo affligge. Ma che ne sa lui?
Ricchezza e libertà, di questo solo si ciba il suo
spirito. Il mio desidera orizzonti fermi e solitudine.
Sarà vivo il mio amico Temby?
Non faccio che chiedermelo e sogno che mi sorride
e mi perdona mentre gli restituisco la vita.

Gli uomini sul ponte festeggiano l'avvistamento
di un'imbarcazione che ci sta venendo incontro.
Non posso salvarla, non posso fare niente
per loro. Dal mio sedile fra le scotte
poppiere dirigerò l'arrembaggio
in modo da creare
meno danno possibile
all'ignaro scafo che
s'accosta sereno.
Non sparerò, né darò
ordine di farlo.
Ma questa
è una nave
pirata!

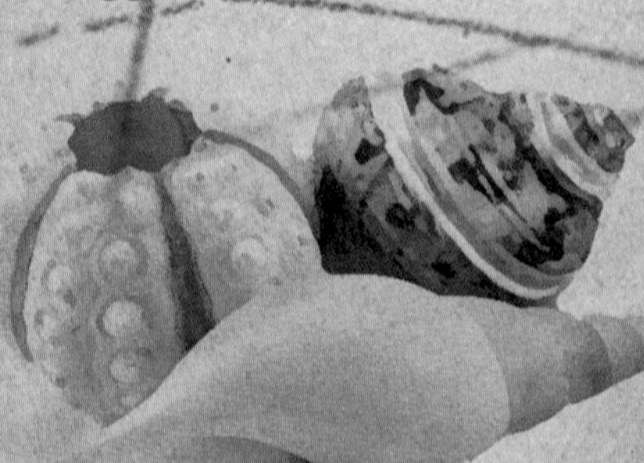

Mentre mi danno per aver perso un amico, un altro ne ritrovo. A lui i nostri prigionieri devono la vita e la barca che li porta, perché restituendomi Talbooth mi hanno dato la scusa per fermare le sciabole e i fucili.
Hanno trovato il mio cane che andava alla deriva in una lancia: dunque l'Isabella II è affondata!

16 Ottobre

È ora di scendere a terra e affrontare i veri nemici. Passo il comando a Craig Shriver che di tutti è il meno assetato di sangue e sa scrivere pietà e compassione senza sbudellarsi dal ridere. Sentirò la mancanza di Luke e della sua musica e del tonno croccante di Maldimare Blackhair. Nient'altro lascio indietro.

Avanti ho la strada che conduce a nord
e la mia coscienza come pessima compagna.
Talbooth non sta bene, e non credo potrà farmi strada. So però dove è stato ritrovato. Temby non può essere troppo lontano da là.
Se Edward è vivo lo troverò
e ai suoi piedi lascerò le sue casse e il peso
che mi atterrisce. . . . . . .

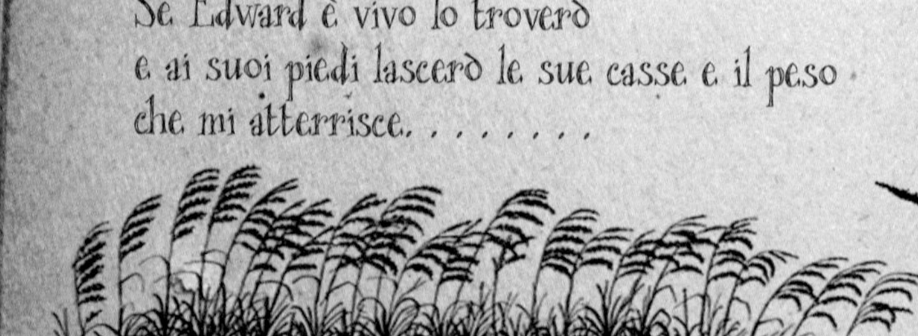

N
Assalto
ISABELLA II

DICIANNOVE

Il Grande Salvataggio

UNA TRAPPOLA SOTTO IL MARE

"Povero Rosicchio! Ci hai scritto che è un cane vivace, che rosicchia tutto quello che trova, funi, ruote, reti... e per questo ogni tanto qualcuno si arrabbia con lui, ma è un bravo cane, amico dei bambini, chi può averlo rapito, Felì?"

- Che succede? - chiese la grossa sarta del villaggio. - Dove state correndo tutti?

- Alla spiaggia! - rispose Babù rimettendosi in piedi. E poiché la sarta dava il braccio proprio al signor McMike, l'anziano padrone di Rosicchio, la giovane strega spiegò nel dettaglio quanto era accaduto. Il curvo liutaio, in preda all'agitazione, si divincolò dalla presa della vigorosa signora e chiese come fosse il mare.

- È agitato - rispose la signora Pull. - Ma che t'importa adesso del mare?

- SVELTI! SVELTI! - gridò il signor McMike. - BISOGNA SALVARLO, O ANNEGHERÀ! Vai,

Primula, va' a chiamare aiuto. Io ti aspetto qui!

Mentre Primula, ansante e goffa come un tricheco, correva a chiamare i soccorsi, Vaniglia, che era rimasta indietro rispetto al gruppo, raggiunse in volo la costa. All'imbocco del passaggio che introduceva ai Magazzini trovò Acanti che consolava la piccola Sophie in lacrime.

- Fa davvevo pauva là dentvo - spiegò. - Il mave sta salendo e...

Babù si portò le mani al cuore.

- Rosicchio è già... lui è...

- Non lo so - rispose Acanti. - Non sono sceso, anche pevché non c'è più la scala!

Vaniglia lo ringraziò e di corsa prese il buio cunicolo che conduceva alle grotte. Man mano che si avvicinava, le grida dei ragazzi si facevano più acute e il fiato cominciava a mancarle. Doveva camminare piegata perché il soffitto era basso e avanzava con cautela per evitare gli spunzoni di roccia. Poco prima che il passaggio diventasse precipizio, trovò Flox che l'aspettava.

- Manchiamo solo noi, gli altri sono già scesi - disse tremando. - Dobbiamo trasformarci, ma non so in cosa... Non riesco a pensare.

Vaniglia la guardò con dolcezza: capiva che Flox si sentiva in colpa per Rosicchio... Le chiese in cosa si erano trasformati Grisam e Pervinca.

- Pipistrelli - rispose la giovane Strega del buio.

- Perfetto, a te piacciono i pipistrelli, Flox, no?

- Non lo so. E se mi spatascio sul fondo? Ci saranno venti metri là sotto...

- Vuoi che resti qui con te?

- No, vorrei che andassi a casa, che andaste tutti a casa e toccasse a me soltanto salvare Rosicchio... Se è la sotto è solo colpa mia.

- Tua? - esclamò Babù. - Mia semmai! Tu eri con lui e l'hai difeso. Io invece me ne sono andata e ti ho lasciato sola.

- Sei gentile, ma non attacca. E se non riesco a trasformarmi per tempo?

- Vovvà dive che ti aiutevò io, Flox - rispose la voce di Acanti alle loro spalle. - Non aveve pauva, ti stavò vicino. A meno che tu voglia uscive a teneve compagnia a Sophie. Non c'è stato vevso di convincevla a tovnare al villaggio. Ha detto che savà puve una fifona, ma vesta una componente della Banda e ova è fuovi a fave la guavdia. Se avviva la Pimpevnel ci avvisevà lei.

- Bene. Allora vai da Sophie, Flox?

- No, vengo!

- Bvava - le sorrise Acanti. - Dammi la mano...

Un salto e Vaniglia era già nel vuoto. Poco dopo un'elegante falena azzurra volava al suo posto verso le grotte. Flox, invece, per mano ad Acanti, avanzava un passettino alla volta.

- Chi chiama l'incantesimo? - chiese - Tu o io?

- Fallo tu e tvasfovma entvambi in pipistvelli. Savà una novità pev me...

- Sei sicuro, Acanti? Guarda che è pericoloso...

- Sicuvissimo, cava Flox. Io sto con te.

Si buttarono insieme.

- PIPISTRELLI! - chiamò Flox appena in tempo. Come sbucarono dal cunicolo, per poco non andarono a sbattere. Non c'era da biasimarli, poverini: era talmente buio là sotto che sembrava d'essere in una boccetta d'inchiostro. Inoltre, le pareti di roccia lucide e nere si riflettevano l'una con l'altra come lugubri specchi e tutto era nero. È vero che ai pipistrelli non serve la vista per orientarsi, ma Flox e Acanti non erano due veri pipistrelli… E poi c'era il minaccioso gorgoglìo del mare che saliva e gli echi delle grida dei ragazzi che s'affannavano a cercare il sacco in cui era stato rinchiuso Rosicchio. Quale poteva essere? Ce n'erano centinaia di sacchi, ammucchiati in tre specie di camere, ciascuna delle quali era tanto grande da contenere l'intero Municipio con anche la Torre.

"FORSE È QUESTO! FORSE È QUELLO! ROSICCHIOOO..." gridavano gli amici.

- QUI NON C'È!

- NEPPURE QUI!

- PER FAVORE, STATE ZITTI - ordinò Grisam. O NON RIUSCIREMO A SENTIRLO!

La verità è che i ragazzi gridavano per farsi coraggio!

All'ordine del capo, però, le voci si abbassarono...

- Rosicchioooo! - chiamavano un po' più piano. Ma nessun Rosicchio rispondeva.

Guidata dai richiami, Flox si unì agli altri e con l'acqua alle ginocchia cominciò ad aprire i sacchi a uno a uno. I più pesanti stavano già affondando...

Acanti intanto era di nuovo con Vaniglia: i due Magici della luce dovevano creare dal nulla nuove fonti di luci, più potenti ed efficaci dei fievoli bagliori di noi fate che poco potevano fra quelle pareti nere.

Nepeta camminò faticosamente in loro aiuto.

I tre amici si divisero il compito: Nepeta trasformò in lumicini le gocce d'acqua sulle rocce, Acanti accese ogni conchiglia sott'acqua e illuminò il fondo, Vaniglia cercò nelle tasche e trovò... il regalo di Jim: era la matita che il giovane inventore aveva usato per disegnare il progetto di difesa del villaggio contro gli assalti del Nemico. L'aveva lasciata a lei prima di partire. Babù la fissò per qualche istante poi la ruppe in due e in cima a ciascuno pezzetto fece apparire una fiamma argentea. Con una torcia in ciascuna mano si sollevò in volo e volando tracciò dietro di sé scie luminose che i compagni, al lavoro sotto di lei, accolsero con grande gioia e sollievo. Ormai lavoravano in punta di piedi, tenendo il mento in alto. Vedevo le loro gambe sott'acqua cercare disperatamente un appoggio...

- FATE PRESTO! - gridò a un tratto la vocina di

Sophie. - STA ARRIVANDO UNA TEMPESTA!

- RESTA NEL CONDOTTO, SOPHIE, NON USCIRE! - le rispose Grisam.

Ora i più giovani non toccavano più e il mare, costretto fra le pareti della grotta, era in fermento.

Un sacco, distante da tutti gli altri affondò. Scricciolo se ne accorse e tentò di raggiungerlo, ma un mulinello lo catturò e lo tirò giù. Per fortuna Grisam lo vide e nuotò verso di lui in modo furibondo. A un tratto s'immerse... Passarono alcuni minuti interminabili prima che la testa bionda del giovane Capitano riapparisse in superficie. Grisam stringeva Robin fra le braccia, ma era esausto e faticava a tenere il viso del ragazzino fuori dall'acqua. D'improvviso chiuse gli occhi e io pensai che fosse troppo stanco e avesse rinunciato, invece... Prese fiato, tutto quello che riuscì, e la sua voce echeggiò forte nella caverna...

- NODO CHE STROZZI E STRINGI - esclamò - A QUESTO MI COSTRINGI: UN INCANTESIMO DI FUOCO IN UN LUOGO CHIUSO, LAMPI E SAETTE FRA PARETI STRETTE! MA NON HO SCELTA E DUNQUE LANCIO LE MIE SCINTILLE E CHE LE FUNI SI TRASFORMINO IN ANGUILLE!

Come la voce si spense, nell'antro si scatenò una tempesta di fulmini. Dardi fiammeggianti saettavano ora in ogni direzione e incontrando le lucide pareti schizzavano via come impazziti.

«Un incantesimo troppo azzardato!» pensai. «Se qualcuno viene colpito...»

- GIÙ! - gridò in quel momento Grisam. Vidi tutti i ragazzi immergersi per evitare le saette. Intanto, però, le funi che stringevano i sacchi magicamente prendevano vita e scivolavano in acqua, e i sacchi rivelando finalmente il loro contenuto: vecchi attrezzi, scarpe, stivali, ferri d'ogni genere, valigie, scatole di latta, lampade e lumi, pezzi d'armadi e di poltrone, libri, vasi di coccio e di ceramica, utensili da giardino, cappelli, pendole mezze scassate e barometri rotti, vestiti da bambino, tende e biancheria varia... ogni genere di cosa, ma nessun cane! Alcuni sacchi però giacevano sott'acqua e seppure erano aperti e il fondo era illuminato dall'incantesimo di Acanti, non era possibile vedere cosa contenessero.

Tommy e Francis Corbirock, Pervinca, perfino Celastro si offrirono di immergersi, nonostante i vortici e le anguille, ma Grisam non permise a nessuno di correre altri rischi. Là sotto era diventato troppo pericoloso, dovevano uscire al più presto.

- E ROSICCHIO??? - gridò Vaniglia.

- NON POSSIAMO PIÙ STARE QUI - le rispose il giovane mago. - FRA UN ISTANTE L'ACQUA AVRÀ RAGGIUNTO IL CONDOTTO E NON POTREMO PIÙ USCIRE!

VENTI

Una Luce nel Buio

L'INTUIZIONE DI GRISAM

"Chissà il dispiacere del signor McMike e quello dei ragazzi... Possibile che la Pimpernel non sapesse niente, proprio lei che sa sempre tutto di tutti? Oh, che donna terribile. Che terribile tragedia..."

Come sbucammo dal condotto, la luce ci accecò, ma non abbastanza da impedirci di intuire che c'erano delle persone ad aspettarci. Un vero e proprio assembramento che come ci vide scoppiò in un applauso.

- BRAVIII! - gridò la voce piena e squillante di Primula Pull. Ma subito si spense.

- Dov'è Rosicchio? - chiese.

Dalia, accanto a lei, si portò le mani alla bocca e così anche i signori McDale. Madama Regina Strelizia ripeté la domanda.

- Dov'è Rosicchio?

- Non l'abbiamo trovato - rispose Grisam serio, posando il piccolo Robin a terra. Il ragazzino era ancora un po' debole e Vaniglia fece intendere a Grisam che se ne sarebbe occupata lei, poiché qualcuno doveva dare la brutta notizia al padrone di Rosicchio ed era un compito... da Capitano.

- Mi dispiace moltissimo - disse Grisam all'anziano liutaio. - L'abbiamo cercato dappertutto, ma poi è arrivata l'acqua... Dobbiamo solo sperare che non fosse là sotto e forse non c'era, non abbiamo mai sentito abbaiare...

- Capisco - rispose triste McMike. - Grazie.

Talbooth nel suo testamento aveva scritto che se i cittadini di Fairy Oak avevano un grande pregio questo era che amavano gli animali. Ed era vero quasi per tutti...

- Vado a parlare col Sindaco! - disse Grisam risoluto, incamminandosi verso il villaggio.

- Ma sta male - gli ricordò Tommy.

- È solo varicella.

- Aspetta...

- Il nostvo Capitano ha vagione - intervenne Acanti. - Io, lo sapete, sono una pevsona discveta e pvudente, ma quando ci vuole ci vuole. Quello che è successo ai Magazzini è tvoppo gvave. Occovve pavlave col Sindaco il pvima possibile!

- Sono d'accordo! - disse Vì. - Vengo con voi!

Andarono tutti.

E quando bussarono...

- FERMI! NON POTETE ENTRARE! - sbraitò

Scarlet Pimpernel bloccando la porta. - MIO PADRE STA MALISSIMO!

- Tuo padre ha la varicella e sta come tutti quelli che l'hanno avuta prima di lui. Quella che starà malissimo invece sarai tu se non ti levi dalla porta! - la minacciò Pervinca spingendo.

- NO, NO E NO, VOI QUI NON ENTRATE!

- Invece sì. Spingi Grisam! Aiutateci anche voi!

L'intera Banda prese a spingere sulle schiene di Pervinca e di Grisam.

- Forse potremmo provare a chiamarlo, magari si affaccia... - propose Vaniglia, ma sembrava che la diplomazia non interessasse più a nessuno. L'avventura appena vissuta, il dolore per Rosicchio, il dispiacere di pensarlo annegato nella grotta, avevano acceso gli animi dei ragazzi e nessuno di loro mostrava alcuna intenzione di voler essere paziente o rispettoso...

- Dì a tua mamma di venire ad aprire, Scarlet! SUBITO!

- Mia mamma non c'è! Andate via!

- Se non ti levi da lì dietro, ti trasformo in una tarantola e nessuno noterà la differenza! - ringhiò Pervinca.

- Se non te ne vai, ti faccio mettere ai piombi nei Magazzini! - sibilò Scarlet dall'altra parte.

- Molla la porta o te la faccio marcire fra le mani!

- Mollala tu che la porta è mia!

Sarei intervenuta, ma Vì fu più veloce di me.

- RANTOLA, CAROGNATARANTOLA! - ordinò. La porta si spalancò e loro precipitarono dentro. Scarlet era scomparsa. Al suo posto, un grosso ragno nero s'aggirava per l'atrio furibondo.

- FERMI! - ordinò Grisam, parandosi davanti all'orda che entrava. - Non possiamo salire tutti. Chi ha già avuto ancora la varicella?

Si alzarono due mani, quella di Cecilia Buttercup e la manina della ancor più piccola Sophie che, parola di fata, non sapeva neppure di cosa stessero parlando.

- Va bene, andrò io - sospirò Grisam.

- Se vuoi vengo con te - dissi. - Resterò fuori dalla porta e ti avviserò se arriverà qualcuno.

- È una buona idea, Felì - rispose sorridente. - Sarà bello avere una fata vicino, per una volta.

VENTUNO

Pulci, Foruncoli e Bugie

IL SINDACO, ROSICCHIO E... FIORELLINO!

"Dalla descrizione che nelle tue lettere hai fatto del signor Pancrazio, Felì, ci è sembrato un uomo piuttosto sensato, ma privo di nerbo... del tutto in balia di quell'orchessa di sua moglie e della figlia, o sbagliamo?"

- Come faremo a capire qual è la stanza da letto del Sindaco? - chiesi sottovoce, mentre salivamo il sontuoso scalone di casa Pimpernel.

- Le stanze da letto sono sempre in fondo a un corridoio - rispose Grisam guardandosi intorno. - Perciò o è dietro a quella porta... - e indicò una porta alla nostra sinistra - oppure è...

Qualcuno si lamentò dietro alla porta in fondo a destra.

- ...quella! - esclamò il giovane mago.

- Aaah - fece di nuovo la voce di uomo - come prude!

Senza esitare, Grisam bussò e subito entrò.

- Oh perbacco! - esclamò il Sindaco.

Come d'accordo restai fuori di guardia e ascoltai Grisam parlare tutto d'un fiato.

- Perdonatemi, Sindaco Pimpernel - esordì - so che non dovrei essere qui e che è gravissimo quello che sto facendo, indicibilmente grave, come state? Bene, ecco, è un caso d'emergenza. Vostra moglie vorrebbe prendersi le nostre cose e uccidere... ROSICCHIO!

«Perché adesso ha urlato?» mi domandai. Non udendo la risposta del Sindaco sbirciai dentro la camera. E così vidi il poveruomo seduto nel letto, con la faccia coperta di bubboni, un berrettino di lana in testa e un vaso di talco fra le mani. Teneva un dito alzato, come chi sente il vento, e il suo sguardo andava di continuo da Grisam alla porta, di nuovo Grisam e di nuovo la porta. Finché, con voce bassa e molto cortese, domandò: - Come… come sei entrato?

Accanto a lui, il cane di McMike rosicchiava un bambolotto di Scarlet.

Grisam pensò che fosse il caso di ricominciare daccapo.

- Vedete, signore - disse - Rosicchio…

- Chi è costui? - chiese cauto il Sindaco. Mi diede l'impressione di un uomo alquanto sofferente e confuso. Doveva essere in balia di un prurito indomabile e della febbre, e ciò nonostante dimostrava un'ammirevole flemma e sostenuto da quella decise di voler affrontare un mistero alla volta, nell'ordine esatto in cui gli venivano posti. Sarebbe stato più facile.

- È il cane di McMike, signore, quello che mastica tutto e che adesso è... proprio accanto al vostro letto... Noi credevamo che... pensavamo...

- Ah, certo, certo, sì, il birbone. Lo ha portato poco fa la mia Adelina. Lo aveva chiuso nello sgabuzzino, ma io l'ho fatto uscire, povera bestiola, è buio là dentro e ci sono le scope che fanno paura. Credo abbia combinato un guaio e il mio fiorellino vorrebbe che io lo punissi. Mi chiedo come... Ha forse masticato qualcosa di prezioso?

- Be', a quanto sembra, ha masticato vostra moglie, signore, ma non intendeva farle davvero del male...

- Rosicchio ha masticato... mia moglie? Buffo che lei non me l'abbia detto.

- In realtà, signore, le ha morso il cappotto, ma lo ha fatto solo per impedirle di entrare nella nostra baracca e prendere le nostre cose, che poi sono del Capitano, però lui le ha lasciate a noi... E comunque, vostra moglie, la signora Pimpernel, sostiene che servano per allestire un museo dedicato a Talbooth.

- Che museo?

- Appunto, che museo?! Nessun museo! Voi non avete mai dato quest'ordine, giusto?

- Vorrei esserti utile, caro ragazzo, ma questo prurito non mi consente di pensare. Passami quel calzascarpe dietro di te, vuoi? È l'unico affare con cui riesco a grattarmi la schiena...

- Non lo vedo - rispose Grisam.

- Non c'è? Allora Adelaide l'avrà rimesso via. Guarda nel cassetto in basso, ti prego, e fai presto, io qui sto impazzendo...

- Quale cassetto?

- Sembra che non ci sia e invece c'è. È un "Segreto". Certi mobili li hanno per nascondere... segreti, appunto. Fai scorrere quel pannello... ecco, così, vedi che si apre? Il calzascarpe dovrebbe essere lì.

- E già - fece Grisam sorpreso. Trovò il calzascarpe e lo passò al Sindaco.

- Grazie, ragazzo. Allora dicevamo? Ah, sì, il museo... Non è affatto male l'idea. Perché mai voi ragazzi non siete d'accordo?

- Ecco... non è che non siamo d'accordo, però la sedia e la stufa che sono nella baracca, sarebbero cose nostre e...

- E lo resteranno - rispose il Sindaco. - Sono parte del Covo Segreto, lo so bene. Io ve l'ho dato e non intendo portarvelo via.

- Davvero? Perciò possiamo tenerci tutto? Oh, grazie, signore, grazie da parte di tutta la Banda.

- Bene - sospirò l'illustre malato - anche questa è fatta. E adesso, se non ti dispiace, vorrei rimanere solo, gentilmente...

- Oh, sì, sì, certo - fece Grisam, conquistando l'uscita. Esitava, però, e sulla porta si fermò di nuovo.

- Ecco - disse ancora - ci sarebbe solo la questione di Rosicchio...

- Oh, sì, sì, deve tornare dal suo padrone. Ci pensi tu, per favore? Te ne sarei grato. Io vorrei muovermi, ma... Aaah, che prurito!

Grisam afferrò Rosicchio per il collare.

- Dì a McMike di tenerlo con sé d'ora in avanti - continuò il Sindaco, mentre col braccio teso dietro le spalle cercava di grattarsi la schiena col calzascarpe - e di non lasciarlo più andare in giro da solo. Questo vagabondo pulciosetto sa combinare guai seri a quanto sento. Meno male che la mia Adelina è un fiore di campo e non farebbe male a una mosca...

«... morta» mi venne da aggiungere. «A una mosca morta forse non farebbe del male, ma a una viva...»

- Povera fragolina, è normale che si sia arrabbiata - spiegò - a nessuno piace essere morsi. Se il cane è di McMike, deve occuparsene lui! E così devono fare tutti: occuparsi delle proprie bestiole e fare in modo che non mastichino i vicini. Farò scrivere un nuovo regolamento...

- Giustissimo! - aggiunse Grisam uscendo.

Dal basso giunsero delle grida.

- Chiedigli delle foto - sussurrai. - E fai presto!

Lui si schiarì la gola.

- Ehm, me ne vado subito, signore, solo... vedete, voi avete letto il testamento di William Talbooth, giusto? E avete distribuito la sua eredità: ricordate se il Capitano ha lasciato delle foto a qualcuno, un album, oppure una scatola di fotografie…

Il signor Pimpernel aggrottò la fronte e il berretto gli scese sul naso.

- Uhm... no, no, non mi pare proprio - rispose preparandosi a starnutire.

«La sua salute sta peggiorando» mi dissi.

Il pavimento tremò. Qualcuno stava salendo le scale con passo furioso.

- GLIELA FACCIO VEDERE IO, GLIELA FACCIO! - gridò la voce di Adelaide Pimpernel. - MIA FIGLIA! UN RAGNO! AAAH, CHE INSULTOOOO…

- Filiamo! - gridai sottovoce.

Grisam sgranò gli occhi: l'incantesimo di Scarlet! Se n'era dimenticato completamente. E il padre era stato così gentile...

- Ve l'ho detto che abbiamo fatto uno scherzino a Scarlet? - disse arretrando. - In realtà è una sciocchezza, nient'affatto dolorosa e non lascia memoria dell'esperienza vissuta, sapete?… Una favola, vi dico. I Nonmagici tendono a esagerare quando vedono gli effetti, strillano, urlano, vedrete, vedrete, anzi, sentirete, ma... davvero è una sciocchezza, si rimedia subito… Addio, Sindaco, rimettetevi presto!

Sparì, davanti agli occhi smarriti del signor Pimpernel, appena in tempo per sfuggire agli artigli della Sindachessa.

Al piano terreno Scarlet sputava ancora ragnatele e sbraitava furibonda contro Vaniglia, che per la verità l'aveva aiutata a ritrovare la sua forma originale. Come i ragazzi videro comparire Rosicchio esplosero in un grido di gioia.

- Come fa a essere qui? - chiese Robin mentre uscivano.

- Ce l'ha portato la Pimpernel - spiegò Grisam. - Forse Flox ha sentito male.

- Non ho sentito male! - protestò la streghetta. - Lei ha detto proprio così: "Portatelo ai Magazzini!"

- Allora l'avrà detto per spaventarti.

- Pazienza... pazienza, per me resta sempre un'orchessa! - borbottò Scricciolo.

- Dobbiamo portare Rosicchio subito dal suo padrone, chissà come sarà felice...

Come giunsero in Piazza della Quercia, Rosicchio si divincolò dalla presa e corse a infilarsi nel laboratorio del liutaio. I ragazzi sentirono McMike esclamare: - SEI QUI? OH, CHE FELICITÀ! - e capirono che i due amici si stavano facendo un sacco di feste a vicenda.

- Adesso raccontaci com'è andata col Sindaco - disse Pervinca a Grisam, mentre tutta la Banda si avviava allegra e compatta verso il Covo Segreto.

- Oh, è andata bene - rispose il giovane capitano. - La baracca è nostra e anche le cose che ci sono dentro.

- EVVIVA! - esultarono i ragazzi.
- Delle fotografie cosa ti ha detto?
- Non ne sa niente.
- E di Rosicchio, come mai era da lui?
- E com'è la sua camera?
- Ha tanti bubboni?
- Hai visto anche la camera di Scarlet?
- Ti prude già da qualche parte?

Come al solito, Grisam fu sommerso da un'onda di curiosità. Mentre, con calma e pazienza, rispondeva alle domande dei suoi compagni, nella casa del Sindaco avveniva una sinistra conversazione...

- Calmati, fiorellino è tutto passato adesso - stava dicendo il signor Pimpernel alla moglie Adelaide. - Sai che ho dato la mia parola a quei ragazzi, non posso tirarmi indietro. Sono cose loro... Sii brava, te li faccio fare io una bella stufa e un dondolo.

Lei rispose con tono astuto e maligno: - Pancrazio - disse - tu proprio non capisci, io quello che voglio me le prendo!

VENTIDUE

Il Segreto del Baule

L'ORDINE È IMPORTANTE!

"Nelle mie esperienze, ho trovato spesso armadi e cassettiere, perfino panche e scalini, che nascondevano un "Segreto", ma mai un baule da viaggio... Però, si capisce, Fairy Oak è un posto speciale e là nulla è come altrove..."

Se l'era preso, infatti. Tutto quello che c'era nella baracca. Ogni cosa!

Appena arrivati, i ragazzi pensarono ad un errore di calcolo.

- Forse stai cercando la sedia nel posto sbagliato - disse Nepeta a Scricciolo, che muoveva le braccia a vuoto.

- E la stufa... chissà, magari l'avremo spostata compiendo l'incantesimo.

Non c'era che un modo per accertarsene: lanciare un compari-incantesimo!

I Magici della luce, come Vaniglia, tentarono sei volte...

"PICCOLO O GRANDE
CHE SIA IL MISFATTO,
BALZI FUORI DALL'ARIA
O ASSAGGERÀ
LA PROVA DELLO SPECCHIO!"

Così ordinarono a turno. Un ottimo incantesimo, che raramente non dà effetti. Anche i bambini sanno che se si avvicina uno specchio a una persona o a un oggetto invisibile, questo ne sarà risucchiato e di lui non rimarrà che una macchiolina opaca sul vetro. Purtroppo, dopo sei tentativi, non ci fu più spazio per i dubbi: la stanza era vuota!

Attoniti e demoralizzati, i ragazzi camminavano a caso in qua e in là. Quella vipera velenosa non aveva lasciato neppure un amo, né un galleggiante, un secchio... niente.

Grisam tossì e l'eco restituì la sua voce amplificata mille volte. Che sconfortristezza!

- E adesso? - chiese Flox.

- Il Sindaco ha detto che il covo è nostvo e anche le cose che c'evano dentvo, pevciò appena sapvà quello che ha fatto sua moglie ce le vestituivà - disse Acanti. Pervinca però non era altrettanto ottimista.

- Non sarà così facile - disse. - Adelaide Pimpernel non è tipo da restituire niente.

La voce della mamma di Scricciolo interruppe il discorso.

- ROBIN, SEI LÌ DENTRO? - chiamò dal piazzale. - La nonna ci aspetta per spegnere le tue candeline, vieni per favore.

- È il tuo compleanno? - chiesero i ragazzi stupiti. - Perché non ce l'hai detto?

- Oh - fece il ragazzino alzando le spalle - sono... sono solo nove anni e... e capitano in un brutto momento. Devo... devo andare.

- Dobbiamo andare anche noi - dissero i fratelli Corbirock. - Quando ci rivediamo? E soprattutto dove? Qui?

I ragazzi si guardarono intorno.

- No - rispose Grisam - vediamoci fuori da scuola e se non nevica o piove, andremo da Quercia, altrimenti... vedremo.

Uscirono tutti a testa bassa, qualcuno bofonchiando quel che pensava della moglie del Sindaco e delle ingiustizie che colpiscono sempre i più piccoli.

Alla fine, restarono solo Grisam, Flox e le gemelle.

- Che facciamo? - chiese Flox.

- Se avete ancora un po' di tempo, vorrei fare un salto alla grotta - propose Grisam.

- Fin là? No, io non posso, zia Ortensia mi uccide se arrivo tardi per cena - disse Flox. - Ma perché vuoi andare alla grotta?

- Per cercare le foto. Se Joe le ha viste e il Sindaco non le ha consegnate a nessuno, saranno nel baule.

- Abbiamo rovistato quel baule da cima a fondo, Grisam - disse con tono dolce Pervinca. - Non ci sono, a meno che esista un cassetto segreto…

Il giovane balzò in piedi.

- Dobbiamo andare alla grotta! - esclamò. E senza dare altre spiegazioni, prese la porta e s'incamminò per la via che portava alle cascate.

Per fortuna la neve nella Valle s'era quasi sciolta del tutto, rivelando vaste distese di prati soffici color biscotto. Camminare sarebbe stato più facile anche se il terreno adesso era zuppo d'acqua: nonostante si tenessero sul sentiero, gli scarponcini dei ragazzi affondavano nel fango. *Cic-ciac!*, faceva la piccola colonna in marcia verso la grotta.

- Mamma diventerà verde quando vedrà le nostre scarpe e i tuoi calzoni, Vì - commentò Vaniglia.

- Visto che stiamo infilandoci diritte in un guaio, Grisam, potremmo sapere che cos'hai in mente? Riguarda il Capitano, immagino?

- Sì - rispose il mago. - Il Sindaco ha detto una cosa che mi ha fatto venire un'idea. È un'ipotesi assurda, vi avverto, ma mettendo insieme i pezzetti che abbiamo... be', ha quasi senso... Comunque, se avete pazienza ancora un momento, spero di trovare la prova che cerco e con quella vedrete che riuscirò a spiegarmi meglio, spero.

Grisam raccontò alle gemelle la storia del calzascarpe e del cassetto segreto.

- Magari c'è un Segreto anche nel baule e noi non l'abbiamo visto - disse. - Dovremo cercare bene, perché, ve lo giuro, se il Sindaco non mi avesse spiegato cosa cercare, non l'avrei mai trovato!

E infatti non lo trovarono.

- Niente, non c'è - disse Vaniglia arrendendosi dopo mezz'ora di ricerche. - E se c'è, non è un Segreto, è un Segretissimo!

Avevano tastato, spinto, scosso, perfino bussato ogni palmo del baule, per sentire se da qualche parte suonava a vuoto. L'avevano anche vuotato del tutto e ora dovevano riempirlo di nuovo.

- Eppure, se ricordo bene, Joe ha detto d'aver visto Talbooth rimettere le foto qui dentro - disse Grisam sconsolato. - Perché mai avrebbe dovuto ritirarle fuori?

- Non lo so - rispose Pervinca - ma Babù ha ragione, non ce la faccio più a cercare. Sono stanca e ho fame. E poi, guarda il lato positivo, Grim, se non potremo dimostrare che il Capitano era un vero capitano, non ci sarà ragione per dedicargli un museo e la Pimpernel non avrà più scuse per tenersi le nostre cose.

- Oh, bella consolazione davvero! - fece il giovane. - Tanto sai bene che non ce le ridarà lo stesso. lei non... - *Cric!*, fece in quel momento qualcosa fuori dalla grotta.

I ragazzi tacquero. Grisam si alzò e con cautela si avvicinò all'uscita. Era buio ormai. Il giovane mise fuori la testa, ma non fece in tempo a vedere niente perché qualcuno saltò fuori dall'oscurità e gli saltò addosso. I due rotolarono all'interno della grotta e fu a quel punto che Vaniglia gridò: - ROSICCHIO!

In quel momento, Grisam si accorse che l'assalitore gli stava leccando la faccia.

- Oh, levati, stai giù! - gli disse alzandosi.

- Aveva in bocca questo! - disse Pervinca raccogliendo una spoletta di sughero con il filo da pesca ancora avvolto.

- È del Capitano! Dove l'hai trovata, cagnaccio? Possibile che sei di nuovo a zonzo da solo?

Non che Grisam Burdock s'attendesse una vera risposta, ma la reazione del cane lo convinse che Rosicchio aveva scoperto dove la Pimpernel aveva portato il dondolo del Capitano, la sua stufa e anche tutto il resto.

- Be', almeno questa l'hai fatta giusta! - disse facendogli una carezza. - Sei un inguaribile vagabondo, ma anche un amico fedele. Ora mettiamo via tutto e ti riportiamo a casa, prima che tu finisca di nuovo nei guai per causa nostra.

- Non gli chiediamo prima di mostrarci dove sono le nostre cose? Così ce le riprendiamo e la storia finisce - disse Pervinca. Ma Grisam scosse la testa.

- No - rispose. - Sarei tentato, certo, ma se ci pensi

bene, questi sono i metodi che usa la Pimpernel e non sono degni di noi. E poi non è detto che la storia finirebbe lì. Lei potrebbe tornare a rubarci di nuovo tutto e non la finiremmo mai.

- Giusto, hai ragione - disse Vì. - E allora, come ce la ripigliamo la nostra roba?

- Parleremo di nuovo col Sindaco, troveremo il modo, state tranquille. Ora mettiamo le cose nel baule e andiamo.

Per fare prima, i tre amici, organizzarono una specie di catena: Grisam passava gli oggetti a Pervinca che li dava a Vaniglia che li rimetteva dove li avevano trovati.

- Guarda che lo specchio non stava lì - disse a un tratto Pervinca. - Va nel cassetto della toiletta.

Vaniglia la corresse: - Lo so, sarebbe il posto giusto - disse - ma quando lo abbiamo trovato era nel cassetto degli oggetti personali, per questo lo stavo rimettendo lì...

- Mi sembra strano, il Capitano era troppo ordinato e preciso per sbagliarsi. Sei sicura?

- Sicurissima e ... Oh, no! L'ho rotto!

Uno degli elementi decorativi della cornice adesso si muoveva, una piccola foglia d'argento.

- Fai vedere?

Pervinca provò a farla ruotare...

- Così la rompi del tutto! - la rimproverò Vaniglia. E in effetti fece "*Clack!*" e un pezzo si staccò, il retro dello specchio.

Qualcosa scivolò fuori e andò a infilarsi sotto il baule. I ragazzi si guardarono meravigliati: avevano forse scoperto il Segreto?

Babù si chinò svelta e raccolse... una busta.

Dentro c'erano delle fotografie.

VENTITRÉ

Il Quadro di McMike

LA VOCE SAGGIA DEGLI ALBERI

"Pensa un po', il Segreto era nello specchio d'argento, e le fotografie erano proprio lì. A pensarci bene, mettendo lo specchio nel cassetto sbagliato, il Capitano ha aiutato i ragazzi a risolvere il mistero del suo passato. L'avrà fatto apposta?..."

Una bella ragazza sorrideva, allegra e sbarazzina, sotto un grande cappello di paglia. La schiena appoggiata a un muro basso e, tutto intorno, papaveri e spighe di grano. Con una mano la fanciulla teneva a posto l'abito sollevato dal vento e con l'altra il cappello. La tesa larga le ombreggiava il viso, ma i giovani amici riconobbero subito la stessa ragazza che avevano visto nella prima fotografia. Qui la fanciulla appariva più giovane e più serena, spontanea. Sul retro, scritto in china sottile, un nome: *Anna*, e una data lontana.

I ragazzi esultarono. Sentivano d'essere vicini alla soluzione. Vaniglia mostrò ai compagni la seconda foto: due giovani marinai, o meglio, come fece notare Grisam, due giovani capitani si tenevano per le spalle e sorridevano al fotografo.

- Girala! - disse Pervinca.

Stessa scrittura, stessa china sottile: "Charles ed io a..." e un nome sconosciuto.

- Girala di nuovo, Babù, vediamo bene le facce... Quale vi sembra che sia Talbooth?

- Mah... è molto rovinata... - fece Grisam avvicinandosi per vedere meglio. - Quello sulla destra, forse... stringe gli occhi come il Capitano e ha le mani molto grandi, però è largo la metà. L'altro mi sembra che abbia i baffi e un pennello da pittore in mano.

- Io non ho mai visto Talbooth dipingere, e voi?

- Perciò questo potrebbe essere Bullet. Vediamo la prossima foto...

- In questa c'è solo il tizio alto e megro che sorride e dopo... Ah, ecco, qui c'è di nuovo Anna. È con dei bambini... Uno, due, tre... quattro bambini! Due femmine, un maschio e questo...

Anna lo teneva in braccio avvolto in una coperta.

- Girala... - disse Pervinca.

Questa volta la calligrafia era diversa, più morbida, di sicuro la mano di una donna. La scritta sul retro diceva: "Un grande abbraccio al nostro eroe. Siamo sempre con te. Tuoi Anna, Emily, Thomas, Sophie Marie e Robin Junior".

- Sono i nomi dei bambini della lettera! - ricordò Vaniglia.

- La prossima? - chiese Grisam, ansioso. Ma non c'erano altre foto.

- Come no? Quella del tizio giovane col cane… Ce ne ha parlato Joe.

Babù guardò bene nella busta e sotto il baule.

- No - disse - sono finite.

- Ma come, ci sono tutte tranne quella? Era la più importante!

- Perché? - chiese Pervinca.

Grisam la guardò, ma non rispose niente. Disse solo: - Andiamo via, sono stufo di questa storia.

Bussarono alla casa del signor McMike che era quasi ora di cena. Lui però non aprì, non subito. Rosicchio, con il tartufo schiacciato contro la porta, annusava e ascoltava i rumori all'interno.

Bussarono di nuovo, più forte.

- Forse non c'è - disse Flox.

- A quest'ora? E dove vuoi che sia?

- Magari è uscito a cercare il suo cane...

A un tratto, Rosicchio sollevò le orecchie, cominciò a scodinzolare e subito dopo prese a saltellare sulle zampe lanciando timidi e ansiosi mugolii.

Co-Clock! , fece la chiave all'interno. Una tenue luce filtrò dalla porta e, insieme a quella, un delizioso profumino di patate arrosto.

- Oh, ragazzi! Che posso fare per voi? - Il signor McMike era apparso con fare affabile. Rosicchio s'infilò dentro e corse in cucina.

- Ah, ci sei anche tu, farabutto! - esclamò il liutaio. Poi, ricordandosi della sua cena, gridò: - LE MIE PATATE! - e tornò in cucina, lasciando i ragazzi sulla porta. - Scusate, ma se non lo fermo se le mangia lui... Ma... venite, venite, entrate e chiudete la porta. Torno subito! FERMATI, ROSICCHIO!

- È proprio un danno quel cane - commentò Pervinca. Entrarono e si fermarono nel corridoio.

- Com'è buio in questa casa - sussurrò Vaniglia. Pervinca si avvicinò alla pareti per sbirciare le vecchie immagini che il padrone di casa aveva appeso in bell'ordine: erano fotografie del signor McMike quando, ancora giovane violinista, suonava nella banda del villaggio. Non s'era mai sposato, la musica era la sua sposa, la sua compagna, la sua vita. Un disco infatti suonava, un'Opera, e nell'aria, oltre a quello delle patate arrosto, si respirava il profumo del legno. Benché il liutaio creasse i suoi strumenti nel laboratorio, la casa era impregnata di aromi che il fiuto di una fata non poteva confondere: abete rosso, acero montano, faggio, bosso, ciliegio... le essenze che servivano all'artigiano per costruire i violini. E poi, resine, vernici, oli... Mi conquistò l'odore di quella casa, sapeva di bosco e di armonie perfette.

- Arrivo, eh! Arrivo subito! - avvisò il padrone di

Rosicchio. - Entrate nella sala, accendete la lampada, se la trovate, e accomodatevi. Metto via queste e...

- Non vogliamo disturbare - lo avvertì Pervinca dal corridoio. - Siamo venuti solo a riportarvi a casa il vagabondo e a dirvi di stare tranquillo che...

- Non ti sento, cara - disse lui - dammi un minuto, voglio sapere cos'è successo oggi, cos'ha combinato il mio birbone. Arrivo...

Grisam si voltò. Alle sue spalle c'era una porta a due ante, molto bella, socchiusa. La spinse e ci ritrovammo nella sala. Come il resto della casa, era buia. La musica proveniva da lì. Vaniglia cercò l'interruttore...

- Oooh - sussurrò sollevata accedendo la lampada.

Eravamo in una stanza magnifica. Il pavimento, le pareti, il soffitto, tutto era rivestito di legno, di un colore così caldo che sembrava di essere dentro a una scatola antica. Una scatola a forma di violino.

- È per l'armonia - spiegò il signor McMike entrando. - È legno di ciliegio, le sue fibre e la forma delle assi creano un ambiente meravigliosamente intonato con la musica.

Al centro della stanza c'era un pianoforte grande come una barca, così lucido e ben spolverato che mi ci specchiai dentro. Anche il violino, posato lì accanto con l'archetto, era stato usato da poco. Solo gli spartiti sembravano alquanto impolverati. L'anziano signore fu assalito da un attacco di tosse e Vaniglia lo aiutò a sedersi.

- Grazie, cara. Ora, vi prego, ditemi cos'ha combinato il mio Fiddle.

- Chi è Fiddle? - chiese Pervinca.

- Ah, già, voi lo chiamate Rosicchio. Tutti in verità lo chiamano così ormai, perché morde tutto, non è vero? Eh, già... però il suo vero nome è Fiddle.

Grisam raccontò al padrone di Fiddle quel che era accaduto nella baracca e poi a casa del Sindaco.

- Oh, come mi dispiace che abbia creato tanto disturbo - disse il signor McMike sincero. - Il fatto è, vedete, che Fiddle è ancora giovane e impetuoso, ha voglia di correre e giocare. Io sono vecchio e un po' noioso per lui. Inoltre lo vizio troppo, sapete, è come un figlio per me. Non so proprio come ringraziarvi per quello che avete fatto. Se gli fosse accaduto qualcosa... Ma certo, ora lo terrò in casa, che altro posso fare, povero me...

- Passeggiare con lui - consigliò Vaniglia. - Farebbe bene a entrambi e Fiddle imparerebbe a stare un po' al guinzaglio.

- Mi piacerebbe tanto, cara - rispose il vecchio - ma queste gambe e...

La pendola suonò le otto.

- Dobbiamo andare - dissi io - la cena sarà già in tavola e il signor McMike vorrà mangiare.

L'anziano liutaio ci fece strada e finalmente accese la luce nel corridoio.

Le gemelle salutarono e uscirono, Grisam invece rimase indietro.

- Cosa fa? - chiese Pervinca.

- Non lo so - rispose Babù - È fermo nel corridoio che guarda un quadro.

Proprio così. Lo guardava e sorrideva.

- È bello, vero? Puoi staccarlo dal muro, se vuoi - gli disse il liutaio - così lo guardi meglio alla luce.

- Posso davvero? - Grisam gliene fu grato e con molta attenzione portò il ritratto sotto la lampada.

Incuriosite, le ragazze tornarono indietro.

- Cos'è? - chiese Pervinca entrando. Grisam mostrò loro il quadro.

- Oooh - fece Vaniglia estasiata.

- Sono contento che vi piaccia - disse il signor McMike - me lo ha dato William alcuni mesi fa. Vedete, condividevamo l'amore per le bestiole, il povero William ed io, e sapendo quanto bene voglio a Fiddle ha pensato di darmi questo bel quadro. Non credo l'abbia fatto lui, ma so che gli era affezionato.

- Forse non l'ha dipinto il Capitano, signore - disse Grisam - ma di certo quello ritratto è lui. Volete che vi legga cosa c'è scritto dietro?

"Io con Talbooth
sul ponte dell'Isabella II"

VENTIQUATTRO

Quel Pulcioso di Talbooth

UN BELLISSIMO REGALO DI COMPLEANNO

"Oh, non vedo l'ora di sapere come apprese la notizia il piccolo Scricciolo. E anche tutti gli altri, naturalmente..."

- Un cane? Talbooth era... un cane?

- Proprio così. Il cane di Bullet che Temby ha preso a bordo dopo che il pirata è fuggito - spiegarono i ragazzi a Flox, mentre andavano a scuola.

- Incredibile! - fece Flox. - Perciò Temby è il nostro Capitano. Ma perché allora ha sempre detto di chiamarsi Talbooth?

- Questo non lo sappiamo...

- Possiamo solo fare delle ipotesi - disse Pervinca. - Dopo il naufragio, il Capitano non ricordava più nulla del suo passato, giusto?

- Giusto.

- Forse Talbooth è stato l'unico nome che gli è tornato in mente.

- O forse - suggerì Babù - ha scelto di proposito di

darsi il nome di un vagabondo pulcioso.

- E perché mai lo avrebbe fatto?

- Perché quando l'hanno trovato sulla spiaggia, tutti hanno creduto che fosse un poveraccio senza casa né patria. Era mal ridotto e forse anche un po' pulcioso. Lui stesso ci ha raccontato che al villaggio lo chiamavano "Il Vagabondo" perché non ricordava neppure il suo nome. Ha impiegato quasi quarant'anni a ricordare chi fosse.

- Quarant'anni… pazzesco - commentò Flox.

- Sono davvero tanti - continuò Vaniglia - è possibile che a quel punto abbia pensato fosse troppo tardi per tornare a essere il Capitano Temby, e così ha "seppellito" il suo nome in mare per sempre e ha scelto di tenersi il nome di un vagabondo a cui aveva voluto bene e da cui, sono sicura, è stato amato.

- Il suo cane... - sospirò Flox.

- In un certo senso - disse Pervinca - Talbooth ha fatto come il cervo più debole, che rinuncia a combattere contro un avversario troppo forte e sceglie una vita raminga. Il destino evidentemente è stato più forte del Capitano.

- Non lo so - rispose Babù. - Conoscendolo, io penso invece che sia stato un atto d'amore verso Anna. Lui non era più l'uomo che aveva conosciuto lei, e dopo tanti anni era facile immaginare che la sua bellissima moglie si fosse ricostruita una vita e così… l'ha lasciata libera. In quanto ai suoi figli...

- Sapete cosa vi dico? - intervenne Grisam. - Che secondo me è andata come dice Babù, ma alla fine, proprio alla fine, deve aver cambiato idea. Il baule, lo specchio fuori posto, la foto nel libro dei miei genitori... Il Capitano desiderava che conoscessimo la sua storia e forse sperava che in qualche modo avremmo informato anche la sua famiglia.

- E come? - chiese Pervinca.

- Non ne ho la minima idea.

- Secondo voi il cane è annegato quando l'*Isabella II* è naufragata? - chiese Flox.

- Forse no - disse Vaniglia. - È possibile che Bullet, che era il vero padrone del cane, lo abbia ripreso a bordo quando ha assalito la nave di Talbooth, cioè, voglio dire di Temby.

- Speriamo... Lo avete già detto al resto della Banda?

- No, tu sei la prima, Flox. All'intervallo daremo la bella notizia anche agli altri.

- Perfetto! Non vedo l'ora di vedere la faccia che farà Scricciolo...

- Allora, sempre a caccia di misteri voi quattro? - chiese il signor Joe. - Non è ora di entrare in classe?

- Sì, Joe, è ora - risposero i ragazzi sorridendo. - Ma più tardi, quando suonerà la campanella, ci sarà una riunione in giardino e parleremo del Capitano: devi venire anche tu. E visto che è molto importante, vedi se ti riesce di far arrivare l'intervallo con un po' di anticipo, diciamo dieci minuti... eh, Joe?

- Mah... - fece il guardiano scuotendo il capo. - Vedremo. Dieci mi sembrano tanti.

- UN CANE??? - Scricciolo lo esclamò a voce così alta che Joe quasi si spaventò. E lo esclamò... una sola volta.

- Che balordi siamo stati a non capirlo subito! - disse ridendo. - Pulcioso e vagabondo... come Rosicchio! Abbiamo avuto il miglior indizio fra i piedi tutto il tempo e non lo sapevamo!

- Invece è stato proprio lui a suggerirmi l'idea - disse Grisam. - O meglio, è stato il Sindaco quando a un certo punto si è riferito a lui chiamandolo "vagabondo pulciosetto". In quel momento si è accesa una scintilla. Mi sono ricordato che Joe aveva visto la foto di un giovane con un cane e ho cominciato a fare due più due. Avevo bisogno di una prova e per fortuna l'abbiamo trovata. A proposito, questo è per te, Robin, per il tuo compleanno, da parte del signor McMike.

Da quando s'erano trovati in giardino, Scricciolo non aveva smesso un attimo di saltellare. Gli altri s'erano seduti, chi sulle panche, chi sui rami bassi di un vecchio ciliegio... Lui no, era rimasto in piedi a saltellare e strofinarsi il naso. Prese il pacco dalle mani di Grisam e si accovacciò per aprirlo. La carta scivolò sulle pietre del piccolo piazzale e agli occhi dell'emozionato ragazzino apparve l'immagine di colui che un tempo non troppo lontano era stato il suo eroe. Si trattava di un dipinto e non di una foto, e il Capitano era molto più giovane e più magro, tuttavia il pittore aveva colto ciò che l'obiettivo spesso non vede, l'anima, il carattere, il valore di un uomo.

Era il Capitano, non c'erano dubbi. Indossava la divisa che i ragazzi avevano trovato nel baule, fumava la pipa, sorrideva e teneva la mano destra posata sul collo di un grosso cane dal pelo lungo e arruffato e l'aria vivace, da giovane ribelle: era il pulcioso vagabondo, anche su questo non c'erano dubbi. Il bellissimo veliero alle loro spalle portava inciso sull'albero di mezzana un nome che per i ragazzi era leggenda: *Isabella II*.

- Grazie! Grazie! - sussurrò Robin alzando gli occhi verso i compagni. E se lo disse due volte fu solo perché era davvero felice e riconoscente.

- Dovrai ringraziare McMike, te lo manda lui - gli rispose Grisam. - C'è anche una scritta sul retro, vedi?

Mentre Scricciolo finiva di commuoversi leggendo la calligrafia del suo Capitano, il resto della Banda guardava le fotografie.

- Dietro a questa c'è una dedica - disse Nepeta. E lesse: - *"Carissimi, aspettatemi, sto tornando a casa. Il vostro p..."*

Le gemelle si guardarono e sorrisero.

- La parola che non si legge è "papà" - dissero.

Un grande silenzio avvolse allora la Banda. Il Capitano stava dunque tornando dalla sua famiglia. Quanto doveva aver sofferto…

- Mi viene un po' da piangere - disse Flox con i lacrimoni agli occhi. Non era la sola a tirare su col naso. Proprio non era la sola. Perfino Joe ebbe un sussulto. - Chissà per quanto tempo Anna lo avrà aspettato, e magari lo aspetta ancora…

- Per questo ho un'idea - disse Babù. - Affideremo la lettere e le foto di Capitan Talbooth a...

- Vuoi dire, di Capitan Temby - la corresse Flox.

- Già... sarà difficile abituarsi al nuovo nome.

- Non è detto che dobbiamo farlo! - intervenne Scricciolo. - Se voleva essere chiamato Talbooth, perché cambiare?

Seguì un rapido scambio di sguardi.

- Oh, per me, va bene - borbottò il signor Joe seduto fra i ragazzi. - Anche il porto ormai si chiama così, in suo onore, sarebbe complicato cambiarlo.

- Che resti Talbooth, allora! - concluse Vaniglia contenta. - Metteremo la sua lettera e le sue foto in una busta e la affideremo agli alberi!

- Perché agli alberi? - chiese Celastro Buttercup.

- Perché il mondo è pieno di alberi e tutti si conoscono tra loro, e se si passano parola, di ramo in ramo potrebbero trovare Anna e in fine consegnarle la busta.

- Occovvevà molto tempo - intervenne Acanti - e pev allova la signova Anna potvebbe esseve già... insomma…

- Allora troveranno i suoi figli! Tom, Robin, Emily e Sophie Marie, loro saranno ancora vivi.

- Il Capitano aveva l'età di mio nonno, perciò i suoi bambini adesso avranno l'età dei nostri genitori - calcolò Scricciolo.

Nessuno pensò di fargli notare che la balbuzie era sparita di nuovo. Tutto era sistemato, la memoria del suo Capitano e la fiducia che Robin riponeva in lui erano salve. E ora l'idea di Vaniglia incontrava l'approvazione di tutti. Non c'era altro da dire.

O forse sì?

VENTICINQUE

Un Incontro Misterioso

IL MARE NON CONSERVA LETTERE...

"Una volta, a una ragazzina a cui facevo da tata cadde nel fiume la lista della spesa: ci toccò tornare a casa perché anche se io riuscii a ripescarla, l'inchiostro s'era sciolto e non si leggeva più nulla..."

- Joe - disse a un tratto Grisam, scendendo dalla panchina e avvicinandosi al guardiano - hai saputo della nostra avventura di ieri? Abbiamo dovuto scendere nei Magazzini del Mare mentre saliva la marea...

- Ho sempre pensato che foste degli incoscienti - borbottò il guardiano.

- Già, c'è ancora molta roba là sotto e vedessi l'acqua come l'ha ridotta...

- Davvero? - fece il signor Joe che cominciava a insospettirsi. - E perché lo stai dicendo a me, giovane Burdock?

- Perché tu non ci hai raccontato tutta la storia. Il mare non restituisce lettere, né foto, né quadri...

L'acqua scioglie e il sale corrode. Quel baule non è mai stato in acqua, Joe. Perciò ora devi dirci da dove arrivano gli oggetti del Capitano. Non può averli recuperati dagli abissi, non tutti…

- Se non lo ha fatto, be', allora è un mistero. E smettetela di tormentarmi!

Il Guardiano fece per andarsene, ma Grisam gli si parò davanti.

- Ce lo hai detto tu, Joe: per ingannare i pirati, Talbooth aveva coperto il prezioso contenuto delle casse con cose di poco valore. Ora sappiamo che quelle cose erano i teli per Anna, i giocattoli per i bambini, i libri, le porcellane, probabilmente anche il quadro… Poi però le casse gliele hanno rubate. Eppure, i teli sono qui e il quadro pure…

- Bah - fece Joe alzando le spalle - i teli non provano niente, se li sarà fatti lui in seguito.

- No, Joe - intervenne Pervinca. - Su quei teli ci sono le iniziali di Anna. Perciò fanno parte dei bagagli destinati a lei. Li ho visti bene tante volte: Talbooth li ha lasciati in eredità alla mamma di Grisam e spesso coprono i vassoi di dolci esposti nella Bottega delle delicatezze o quelli che Grisam porta alle nostre merende.

- Mi confessò d'averlo rivisto… - bofonchiò il guardiano tornando a sedersi.

- Rivisto chi, Bullet???

- Già, molti anni dopo il naufragio…

- Bullet è stato qui??? Il pirata? E come ci è arrivato? - chiesero i ragazzi strameravigliastupiti. - Oppure è stato il Capitano ad andare da lui?

- Questo non lo so - rispose Joe. - Un giorno William mi raccontò che Bullet s'era pentito. "Come lo sai?", gli chiedo. E lui: "L'ho incontrato e me l'ha detto!". "Dove???" gli domando. Sembrava incredibile anche a me che si fossero rivisti. Lui alza le spalle e brontola: "Che t'importa dove. L'ho incontrato e basta!". Ci rimasi male proprio come ci sono rimasto male adesso perché, per la miseria!, non sapevo un accidenti di Anna, né che quel testone avesse dei figli o che si chiamasse Temby! E questo mi dispiace perché conferma che William non si fidava... non si fidava di me.

- Oh, ti sbagli, Joe! - replicò Pervinca. - Il Capitano si è fidato di te più di chiunque altro. Non parlava della sua famiglia, questo è vero, non lo ha mai fatto con nessuno.

- Forse perché quell'argomento lo faceva soffrire troppo, capisci? - aggiunse Vaniglia. - Però a te ha detto cose che non ha mai detto a nessuno di noi. Perciò si fidava eccome!

- E tu devi fidarti di noi, Joe - intervenne Grisam. - Se desideriamo conoscere la sua storia non è per curiosità, ma perché gli volevamo bene.

- E lui ne voleva a noi. Eravamo amici.

- Proprio come siamo amici tuoi.

- Anche se ogni tanto ti facciamo degli scherzi.

- Ma te li facciamo perché ci sei simpatico e...

- William mi disse che Bullet aveva avuto una figlia - tagliò corto il guardiano, imbarazzato per quell'improvvisa dichiarazione d'affetto - e che questa era morta di febbre lasciando a lui e a sua moglie un bambino ancora da allevare. Quello stesso giorno, il pirata aveva lasciato perdere assalti e abbordaggi ed era sceso sulla terraferma, per sempre. In una valle senza nome, abitata da nessuno, su un mare selvaggio, aveva costruito la sua casa. E tuttavia la sua anima non si dava pace. E così un bel mattino è partito per restituire all'amico ciò che gli aveva tolto. Ma come si può restituire una vita, dico io? William prese solo il baule e poco altro. Il resto lasciò che lo tenesse Bullet, libri, giocattoli, oro e gioielli...

Quelle ultime parole colpirono Vaniglia più di tutte le altre.

- Buffo - disse scuotendo la testa come chi parla seguendo il filo di un pensiero - sono le stesse cose che il nonno di Jim ha detto d'aver trovato nelle casse sulla spiaggia: libri, giocattoli, oro e gioielli.

- E il nonno di Jim era un pirata... - aggiunse Pervinca, strabiliata per quel folle pensiero che stava affiorando nelle loro menti: il nonno di Jim era forse... Charles Edward Bullet?

- Però Jim si chiama Burium, non Bullet - disse Grisam, intuendo quel che stavano per dire le gemelle.

- Burium... Bullet, sono simili - replicò Pervinca - il nonno potrebbe aver cambiato nome quando ha cambiato vita.

- O più semplicemente Jim ha preso il cognome del padre - ipotizzò Vaniglia.

- Però un forestiero che arriva a Fairy Oak è una notizia! Se Bullet fosse arrivato qui, il villaggio intero ne avrebbe parlato e tu lo avresti saputo, Joe - disse Grisam. - E lo stesso se il Capitano fosse partito per lungo tempo.

- Però è sicuro che si sono visti! - disse Vaniglia. - E quando Bullet è tornato a casa ha chiamato il suo villaggio Aberduville! Ricordate? è così che si chiama il villaggio dove vive Jim, Aberdurville, da Aberdur, il luogo dove Temby ha finito di vivere quando l'*Isabella II* ha fatto naufragio e Talbooth ne ha preso il posto.

- E pevché Bullet lo avvebbe fatto? - chiese Acanti.

- Per non dimenticare mai il male che aveva causato. Scommetto che fece anche una mappa, la stessa che ha usato Jim per arrivare qui.

Tutto filava.

I ragazzi non trovarono da aggiungere altro.

Solo Vaniglia aveva ancora un pensiero...

JOE

VENTISEI

Il Telegrafo degli Alberi

UN MESSAGGIO D'AMORE. ANZI DUE...

"Il telegrafo degli alberi... proprio una bella idea! D'altronde è così che le nostre chiamate giungono al Gran Consiglio. Le Streghe e i Maghi le affidano agli alberi, gli alberi le portano ai Saggi e i Saggi le mandano ai regni delle fate..."

L'intera famiglia Periwinkle accolse con grande stupore e commozione il racconto che Vì e Babù fecero quella sera a cena. Ma, benché si sforzassero di ricordare, non v'era memoria in loro di alcun forestiero che fosse giunto da lontano in cerca del Capitano. Né che il Capitano si fosse mai allontanato.

- Si saranno incontrati in alto mare... - suppose Dalia.

- Sia come sia, è una storia interessantissima - concluse Tomelilla. - In quanto ad Adelaide, posso solo dire che quella donna non finirà mai di stupirmi. Povero Pancrazio, che vita grama deve essere...

Bussarono.

- Vado io - disse Vaniglia.

Come aprì la porta si trovò davanti un grande vassoio fumante e, dietro a quello, la signora Marta che lo reggeva e, alle spalle di lei, l'intera famiglia Burdock: Grisam, suo padre Vic e lo zio Duff. Babù li salutò e d'impulso si sporse per vedere se per caso il gigantesco mago non avesse riportato indietro anche Jim. Ma vide solo la strada vuota e buia.

- Oh, ma voi state ancora mangiando - disse la signora Marta entrando, e subito si scusò per l'invasione.

- Nessun disturbo, Marta cara - la rassicurò Dalia - abbiamo finito. Venite... accomodatevi. Che bel vassoio di paste, non dovevi disturbarti.

- Però apprezziamo molto - aggiunse Pervinca sollevando un lembo del canovaccio e sbirciando i dolcetti ancora fumanti. S'accorse in quel momento d'avere in mano l'angolo della tela con le iniziali A.T. e lo mostrò a Grisam, con un occhiolino.

- Abbiamo sentito della storia di Talbooth e non riuscivamo più a starcene a casa a parlarne da soli - spiegò la mamma di Grisam. - Dovevamo condividere questo momento con i nostri amici.

- E noi siamo felici che lo abbiate fatto - rispose Tomelilla.

I Burdock non fecero in tempo ad accomodarsi che qualcun altro bussò.

- Sono i Pollimon! - annunciò allegra Pervinca. E

scherzando aggiunse: - Cosa dite, li faccio entrare?

La tavola si arricchì così di nuovi amici desiderosi di scambiare sentimenti ed emozioni, e la serata si colmò di sorrisi e chiacchiere allegre, di dolci profumi e serenità.

Dopo un po', Dalia fece accomodare gli ospiti nella sala dove un bel fuoco ardeva nel camino: di solito era il momento in cui i giovani lasciavano gli adulti alle loro conversazioni e salivano in camera o uscivano in giardino. Pervinca lanciò il segnale a Grisam, ma questo le fece intendere che si sarebbe fermato di sotto coi grandi ancora un po' poiché, intuì Pervinca, era coinvolto in un'interessante conversazione con il signor Cicero, il signor Pollimon e suo zio Duff. La giovane strega tirò un angolino della bocca e per la prima volta provò un po' di gelosia nei confronti di quel ragazzo che, mi resi conto, cresceva assai rapidamente.

- Muoviti, Vì! - la chiamò Flox. - Dobbiamo fare quella cosa...

"Quella cosa" era preparare la busta per Anna Temby da consegnare a Quercia, e scrivere la lettera che avrebbe accompagnato la busta.

- Scrivi tu, Babù, che sei brava in queste cose e hai una bella calligrafia - disse Flox.

- Almeno è leggibile - commentò Pervinca buttandosi a sedere sul letto.

Vaniglia andò alla scrivania, aprì uno dei cassetti

e tirò fuori una scatola da cui trasse una busta e un foglio. Si accomodò sulla sedia, cercò come al solito nella sua collezione la penna che scrivesse meglio, la intinse nel calamaio e così cominciò…

Cara signora Anna,
mi chiamo Vaniglia Periwinkle e vivo a Fairy Oak. I miei amici e io abbiamo trovato alcuni oggetti che riteniamo vi farà piacere ricevere. Anzi, riteniamo che siano proprio vostri, dedicati a voi.

Erano custoditi nel baule...

Si fermò per non sbagliare…

... del nostro amico, il Capitano Temby. Ha vissuto qui molti anni, dopo che la sua nave, l'Isabella II, è affondata davanti alle nostre coste, in una notte di tempesta.

Il poveruomo era in fin di vita quando è stato trovato e per quasi quarant'anni non ha ricordato nulla del suo passato.

La memoria gli è tornata a poco a poco, quando era già anziano.

Si è fatto volere bene, noi ragazzi gliene vorremo sempre e per noi è un eroe.

Mi addolora dirvelo, ma il Capitano si è spento quest'anno, serenamente, nel suo letto. Ha vissuto in modo semplice e onesto fino alla fine, e qui, a Fairy Oak, il Sindaco del villaggio sta pensando di dedicargli un museo.

Vi stupirà sapere che noi lo abbiamo conosciuto con un altro nome, e che solo adesso abbiamo scoperto che aveva una moglie (voi) e dei figli. Ma è una lunga storia che speriamo di potervi raccontare in un'altra lettera, magari in risposta alla vostra, o di persona, chissà...

Affidiamo questa busta alla saggezza e alla lungimiranza degli alberi con l'augurio che vi trovi presto e sia per voi motivo di consolazione.

Se un giorno vorrete venire qui, ne saremo molto felici. Fairy Oak è un luogo piacevole, oggi più che mai. Chiedete a loro, a chi vi ha cercato e trovato, la strada per trovarci. Ve la indicheranno e sarà sicura.

Con ossequi.
La Banda del Capitano

Piegò con cura il foglio, lo infilò nella busta e davanti scrisse: "Gentilissima Famiglia Temby".

- Dovrebbe bastare - disse mostrandocela - d'altronde non sappiamo altro.

- Perfetto! - commentò Vì. - E ora non ci resta che sperare... Sta salendo qualcuno...

- Correte, presto! - le avvisò Grisam mettendo dentro la testa. - Sono arrivati il Sindaco e sua moglie!

VENTISETTE

La Visita del Sindaco

UNA SPLENDIDA NOTIZIA, ANZI DUE!

"Il Sindaco e la Sindachessa a casa dei Periwinkle? Che coraggio! E certo lui ne deve avere tanto per vivere con quell'orchessa terribile.."

Le ragazze si precipitarono di sotto.

- Buona sera a tutti - stava giusto salutando il Primo Cittadino, mentre Dalia li invitava ad accomodarsi. - Oh, restiamo solo un minuto, grazie. Non vogliamo disturbare. Vero, Fiorellino?

"Fiorellino", cioè la signora orchessa Pimpernel, annuì con la stessa spontaneità con cui avrebbe annuito una statua di gesso.

- Stai benissimo Pancrazio, tutto passato? - chiese Tomelilla. Lui fece un gesto come dire "una sciocchezza". Ma i brutti segni che portava sul viso lasciavano intendere ben altro.

- Siamo passati perché abbiamo buonissime notizie per la Banda... Il Capitano è qui, vero? Ah, eccoti, ragazzo mio. È importante che tu lo sappia che domani mattina verremmo con Hobbs a fare alcuni rilevamenti e…

- Rilevamenti? Non capisco - disse Grisam.

- Oh, sì, certo, che stupido… Dunque, il Consiglio ha deciso che il Museo del Capitano si farà e sarete felici di sapere che la sede sarà proprio la baracca.

Era una buona notizia? I ragazzi non ne erano sicuri.

- Perciò siete venuti a dirci che dobbiamo lasciarla? - chiese Grisam.

- Tutto il contrario! - replicò il Sindaco. - Sarete voi gli ufficiali responsabili! Quel che è dentro rimarrà dentro, la sedia, la sua stufa, i secchi, le reti... Se la Banda me lo permette, verrei domani a fare un sopralluogo.

Le ragazze lanciarono un'occhiata a Grisam, ma il giovane sembrava tranquillo e anzi sorrideva, a differenza della Pimpernel che adesso, oltre alla vitalità, del gesso mostrava anche il colorito.

- Vedo che, nella sua infinita modestia e generosità, la signora Adelaide non vi ha informato: la baracca è vuota, signore... - disse Grisam. Le tre amiche spalancarono la bocca per lo stupore.

- Non so cosa avremmo fatto senza l'aiuto della vostra gentilissima moglie - proseguì il ragazzo. - Come infatti avrete modo di vedere domani, signore, quella povera stanza ha bisogno di una ripulita e per questo andava vuotata. Per fortuna, proprio ieri, la signora ci è venuta in soccorso portando il dondolo, la stufa e tutto il resto nelle cantine del Municipio. Con il vostro permesso, Sindaco, le lasceremmo lì fino a quando la baracca sarà pronta per accoglierle di nuovo. Io credo... tre, quattro giorni al massimo.

- Splendido! - esclamò il Sindaco. - Mi sembra un'ottima idea, lo avrei proposto io stesso. Dirò a Hobbs di darvi le chiavi e...

- Non ce n'è bisogno, signore, lo ha già fatto! - disse Grisam, e per dimostrarlo tirò fuori dalla tasca l'anello con le chiavi di ferro. - Oggi pomeriggio siamo andati a trovarlo perché... - il giovane guardò Flox di sbieco - be', ecco, sapevamo che aveva avuto un piccolo problema alle zamp... ehm, volevo dire ai piedi, una specie di... fungo, sì, verde, molto, molto fastidioso. E così, mentre Acanti, con un incantesimo, glielo faceva sparire, lui ha tirato fuori le chiavi e ce le ha date... spontaneamente.

Grisam incrociò lo sguardo della Sindachessa e mai come allora fu felice che madama Pimpernel non possedesse poteri magici, altrimenti, poco ma sicuro, lo avrebbe incenerito!

- Dunque, anche questa è fatta - disse il Sindaco battendosi soddisfatto il capello su una mano. - C'è altro? Mi sembra di no... Perciò ci vediamo domani. È mio desiderio che il Museo sia pronto quanto prima e... ve l'ho detto? Forse no. Vorrei invitare i nostri concittadini a prestare parte o tutta l'eredità ricevuta dal Capitano, siano porcellane, libri o strumenti di navigazione, così da arricchire la mostra e renderla ancora più viva e interessante. Noi famiglia Pimpernel doneremo tutto quello che abbiamo ricevuto e per questo bel pensiero devo ringraziare la mia Adelina che è sempre tanto generosa e ha avuto questa splendida idea del Museo. Sarà l'occasione per la nostra bella comunità di conoscere a fondo uno dei nostri più valorosi e onesti cittadini, e imparare da lui.

Divertite da tanta "saggia e generosa lungimiranza", le tre famiglie si congratularono con l'ormai vitrea Adelaide Pimpernel e con suo marito.

- E il nuovo regolamento sugli animali? - chiese Vaniglia. Era rimasta ad ascoltare sulle scale, come se avesse avuto fretta di tornare di sopra.

- Oh, sì - rispose il Sindaco - è già affisso nella bacheca del Municipio, potrete leggerlo domani. Si tratta solo di rispettare alcune semplici regole che non toglieranno a nessuno la gioia di avere un animale per casa né priveranno le bestiole della libertà di correre e giocare, nel rispetto del benessere e della sicurezza di tutti.

- È un discorso sensato e assolutamente degno di rispetto, caro Pancrazio, non fai che migliorare - si compiacque Tomelilla.

- Ho poi chiesto a Primula Pull di insegnare a Rosicchio a portare a spasso il suo padrone - aggiunse il Sindaco. I ragazzi sorrisero: forse il signor Pimpernel voleva dire il contrario, e cioè che McMike doveva insegnare a Rosicchio a stare al guinzaglio. Si sbagliavano...

- È ora che quell'uomo esca di casa - disse infatti il signor Pancrazio - e ritrovi la gioia di annusare i fiori e sentire la brezza del mare. Siamo una comunità, e una comunità non lascia indietro i più deboli. Anche se non ci vede quasi più, McMike deve poter continuare a fare la sua vita. E noi lo aiuteremo!

- Il signor McMike sta diventando cieco? - chiese Flox.

- Lo diventerà se continuerà a vivere al buio! Lui dice che così sente meglio la musica e forse è vero ma dopo tanti anni i suoi occhi non sopportano più la luce. E non va bene. Comunque adesso ci penserà Primula...

Babù ringraziò di cuore il Sindaco e corse di nuovo in camera, mentre i Burdock e i Pollimon si apprestavano a dare la buona notte ai padroni di casa.

- Studiamo insieme domani? - chiese Vì a Grisam accompagnandolo fuori. In realtà voleva sapere di Hobbs e complimentarsi per come il giovane Capitano aveva risolto il problema della baracca. - Sei stato furbissimo! - gli disse infatti non appena furono soli e, sorprendendo me e lui, lo abbracciò. - Ora dimmi: come fai a sapere che le nostre cose sono nelle cantine del Municipio? Ti ci ha portato Rosicchio?

Grisam fece un sorrisino e alzò le spalle. Da modesto, com'era, cercava di dissimulare la sua gioia e il suo compiacimento. Era felice. Felice per quell'abbraccio e anche... sì, anche per quel che aveva appena fatto. Un capolavoro!, così lo definirei io. Grazie alla sua prontezza e alla sua furbizia, la Banda aveva riottenuto le cose del Capitano e la Sindachessa aveva avuto salva la faccia. Insomma, Grisam Burdock aveva salvato tutti, anche chi non se lo meritava. Non per niente fu soprannominato "Il Capitano gentiluomo".

- Ecco... diciamo che oggi ho portato il pulciosetto vagabondo a fare due passi col guinzaglio e lui mi ha portato alle cantine del Municipio... - spiegò.

- Sei entrato nel Municipio con Rosicchio e avete raggiunto le cantine senza che nessuno vi fermasse? - Pervinca era sempre più divertita.

- Non proprio, Rosicchio ha insistito perché guardassi dentro a una finestrella e così ho visto le nostre cosette tutte bell'ammucchiate in un angolo.

- E dopo siete andati a trovare Hobbs...

- Esatto. Stamattina, Acanti mi aveva detto d'averlo visto zoppicare e così mi sono ricordato che Flox gli aveva trasformato i piedi in zampe di rana. Un incantesimo di breve durata, ma a quanto pare doveva aver lasciato qualche problema. Ho chiesto ad Acanti di tenersi pronto, che forse mi sarebbe servito un Mago della luce per un contro-incantesimo, e infatti... Dopo aver visto cosa c'era nelle cantine del Sindaco sono andato a chiamarlo e insieme siamo andati dal povero Hobbs... Aveva ancora le dita palmate! - Pervinca scoppiò a ridere. - Acanti gli ha detto che avrebbe potuto aiutarlo, ma solo se lui ci avesse consegnato le chiavi.

- "Spontaneamente", eh?

- Be' - fece Grisam - più o meno. Allora domani studiamo insieme?

- Molto volentieri, mio eroe! - rispose Pervinca accennando un inchino. - Ci vediamo a scuola…

- A scuola, sì - confermò Grisam aprendo il cancello. - Dovremo anche riunire la Banda per parlare del Museo e poi… Aspetta, c'era un'altra cosa che dovevo dirti, ma non ricordo più cosa… Bah, forse non era importante. Ah, sì, ora ricordo - tornò indietro e si fermò a un centimetro dal bel nasino di Vì. - Ho pensato che dovresti metterti più spesso le gonne, ti stanno molto bene.

Pervinca rimase impietrita sotto le stelle, rossa come mai l'avevo vista, mentre Grisam, il berretto di traverso, si allontanava fischiettando al vento con le mani in tasca.

Sopra di lei, dietro ai vetri illuminati della loro piccola finestra, Vaniglia aveva tirato fuori dal cassetto un'altra busta e un altro foglio e aveva cominciato a scrivere un'altra lettera. Cambiata la penna, ora usava una matita nera, o meglio l'avanzo di una matita, che doveva aver disegnato moltissimo. Notando che la osservavo, Babù si voltò e mi sorrise: - È la matita di Jim, quella che mi ha regalato e che io ho usato per illuminare le grotte. L'ho riparata... vedi? È perfetta! - disse in un sussurro. Era nei suoi poteri trasformare le cose brutte in cose belle e le cose belle in cose bellissime, e anche... far apparire ciò che non esisteva, illuminare il buio, riparare ciò che era rotto, far fiorire il legno, colorare ciò che era nero... E tuttavia, neppure lei poteva far tornare chi era partito e si trovava lontano.

Aveva preso il libriccino di zia Tomelilla e lo teneva aperto accanto al foglio.

Il giorno dopo consegnò a Quercia due buste.

VENTOTTO

Il Museo del Capitano

E ALTRE MERAVIGLIOSE SORPRESE...

"Tutto questo succedeva circa cinque anni fa, dico giusto, Felì? E poi come andarono le cose? Il Museo fu davvero il successo che il Sindaco sperava? I ragazzi se ne occuparono? E Jim tornò mai?"

All'inaugurazione andarono tutti.

Anche il signor McMike, guidato dal suo amato Fiddle.

Era una fresca mattina d'inizio primavera. I ragazzi e la comunità intera s'erano dati un gran daffare affinché il Museo fosse aperto il prima possibile e in effetti non erano passati che due mesi soltanto da quando il Sindaco e la giunta avevano dato il loro consenso.

Quel pomeriggio, le botteghe avevano chiuso e le famiglie s'affrettavano a lasciare le case per raggiungere in fretta il porto. Sui portoncini, le mamme contavano i figli e con la mano bagnata provavano a domarne i capelli ribelli, controllavano i cravattini dei mariti, toglievano un pelucco dalla giacca e incitavano la comitiva a stare composti e a fare presto. Erano tutti molto eleganti poiché, per l'occasione, la signora Primula Pull aveva confezionato i suoi abiti migliori e pochi erano stati coloro che avevano rinunciato a un abito nuovo.

Vaniglia aiutò Pervinca a scegliere una gonna che la facesse sentire a proprio agio e le due sorelle fecero strada a Dalia, Cicero e Tomelilla verso il piazzale, dove il Sindaco stava per pronunciare il suo discorso solenne.

L'invito a prestare l'eredità ricevuta dal Capitano al Museo non aveva trovato ostacoli e, anzi, era stato accolto con entusiasmo, e ora la baracca appariva come i ragazzi l'avevano vista la prima volta. Appena un po' più ricca e nuova. Le pareti di legno erano state lucidate, il letto-barca, che Talbooth usava a casa, ora occupava il centro del Museo e i suoi mille bellissimi oggetti, dopo essere stati raccolti e catalogati, facevano bella mostra di sé da dietro i vetri delle teche che il falegname McDoc aveva fabbricato per l'occasione. Accanto ad ogni oggetto, un cartoncino elegante ne illustrava il nome e l'uso a cui era destinato. Un posto speciale era stato destinato al baule e al suo contenuto.

Fu davvero una giornata bellissima.

A Joe il guardiano fu affidato l'onore di apporre la targa sopra l'entrata del Museo, una targa di legno d'acero, nella quale il signor Poppy, il papà di Shirley, aveva inciso la seguente scritta:

Museo del Mare
Capitano William Edward Talbooth

Il momento fu accompagnato dalla marcetta che faceva tanto irritare il Capitano, ma solo per finta, e come al solito fu suonata dalla tromba giocattolo del giovanissimo Billie Ballatel.

Subito dopo, i ragazzi furono insigniti del titolo di *Amici del Museo del Mare* e Grisam Burdock ricevette dalle mani del Sindaco la bandiera che ogni mattina avrebbero issato sull'asta davanti alla baracca.

Negli anni che seguirono, i giovani del villaggio aprirono e chiusero il Museo ogni giorno all'ora stabilita, puntuali. I turni, non solo per l'apertura e la chiusura, ma anche quelli per la manutenzione e la pulizia e le visite guidate, erano apposti dietro la porta e per il tempo in cui io restai a Fairy Oak, parola di fata, furono sempre rispettati.

Il Museo restava aperto tutti i giorni, dalle tre del pomeriggio alle sette di sera, domeniche incluse, giorno in cui venivano offerti torte e dolcetti, gentilmente confezionati dalla Bottega delle Delicatezze dei signori Burdock.

Per la Banda, occuparsi del Capitano non fu mai

un sacrificio e non ci fu mai una defezione, mai un intoppo, un problema. Nei bui e freddi inverni, la vecchia stufa creava nella baracca un piacevole tepore e chi era di turno poteva studiare o leggere in tutta tranquillità.

Se a qualcuno questo piaceva, era Vaniglia. Amava studiare al Museo, fra le cose del Capitano, soprattutto ora che ne conosceva la storia.

Cinque anni dopo l'inaugurazione, un ventoso trenta di ottobre, Babù e Pervinca si preparavano a festeggiare i loro quindici anni. Quel pomeriggio, Vaniglia uscì puntuale con il libro sotto il braccio per andare ad aprire il Museo.

Lungo la strada salutò i ragazzini che giocavano a palla contro il muro di cinta e dedicò un sorriso speciale alle fate che vegliavano su di loro. Passò sotto l'arco che introduceva al porto e poiché aveva ancora qualche minuto, invece di girare subito verso il Museo, prese il viottolo che portava al molo: il rumore delle onde che s'infrangevano preannunciava una super mareggiata.

E infatti... Dagli scogli ammassati si levavano bianche nuvole di spruzzi che il vento trasportava fino alle case. Vaniglia ne fu in parte investita, ma non fuggì a cercare riparo, anzi, chiuse gli occhi e offrì il viso alla pioggerella salata. Rimase a guardare le onde finché il suono delle campane la risvegliò dai pensieri e le ricordò che erano le tre, ora di aprire il Museo.

Sospirando attraversò il piazzale e si avviò verso la zona dove i pescatori avevano le loro baracche, quella più riparata del porto e la più soleggiata.

Mentre cercava le chiavi sotto l'ancora dove le lasciavano sempre, Babù ebbe la sensazione che qualcuno la stesse osservando. Si voltò e non vide nessuno. Salì i tre scalini, infilò la chiave nella toppa e con stupore s'accorse che la porta della baracca era aperta. Di nuovo si guardò intorno e di nuovo trovò il piazzale del porto deserto.

All'alba, era giunto a Fairy Oak un famoso mago errante: il Signore del Tempo e dei Suoni. Barbo Tagix era il suo nome e non arrivava mai per caso. Quel giorno la mia storia si legò alla sua, ma di questo vi dirò un'altra volta. Se vi ho parlato di lui adesso è per spiegarvi perché il porto era deserto: Barbo aveva fermato il suo carro nella Piazza sotto Quercia, e tutti erano accorsi e ancora s'attardavano intorno ai suoi strabilianti incantesimi.

Neppure un gatto era rimasto.

Sulla soglia della baracca, Babù si fermò a pensare chi aveva chiuso il Museo la sera precedente: sua sorella, ecco chi! Era dunque innamorata al punto da scordarsi una cosa così importante? Il vento avrebbe potuto buttare all'aria i cartellini e i fogli sulla scrivania, scompigliare i teli di lino e le mappe, far cadere qualcosa e romperlo...

Entrò e chiuse la porta con un giro di chiave. Avrebbe messo il cartello "BUSSARE", com'era regola nei giorni da nodi. Solo che non lo trovò. Trovò invece una nota di servizio di Pervinca:

Mio padre ha previsto
Vento forte da ovest.
Ricordarsi di chiudere
a chiave la porta!
Pervinca

«Che furba! Avvisa gli altri e poi è la prima a dimenticarsene. È proprio innamorata!» si disse Vaniglia, mentre con la mano cercava una penna con cui scrivere "BUSSARE" sul retro di quel foglio. Tastava a caso, là dove sapeva di trovare il portamatite, e intanto rimarcava dentro di sé quanto pessima fosse la calligrafia di Vì.

Stufa di cercare, alzò gli occhi e scoprì che il portamatite era vuoto. Qualcuno s'era proprio divertito a fare scherzi, e visto che l'ultima a fare il turno al Museo era stata Pervinca non c'era da stupirsi!

- Vuoi vedere che le ha fatte scomparire insieme al cartello? - sospirò la strega. C'era solo un modo per scoprirlo…

- PICCOLO O GRANDE CHE SIA IL MISFATTO ESCA DALL'ARIA O SAGGERÀ LA PROVA DELLO SPECCHIO! - esclamò Vaniglia.

Il portamatite rimase vuoto, in compenso comparvero nell'ordine: una macchia sulla gonna che indossava, ma che il giorno prima aveva prestato a Pervinca, una crepa nel vetro della teca degli strumenti d'ottone del Capitano, due ragnatele, un mucchietto di polvere e sabbia destinato alla paletta, la paletta e un ritratto della professoressa De Transvall che alla severa insegnante non sarebbe piaciuto.

- Mi serve una penna - disse Babù alzandosi. Cercò prima nelle tasche della mantella, poi nei cassetti della scrivania e in quelli dell'armadio in fondo alla stanza... niente. Si guardò intorno pensando a cosa avrebbe potuto intingere nell'inchiostro. Un pennello? Un bastoncino? Non c'era nulla del genere nella baracca. Tornò al tavolo e quel che vide le levò il fiato. Posata sul foglio bianco ora c'era una piuma color fico selvatico.

Vaniglia la sfiorò con un dito e d'istinto si voltò a cercare chi l'aveva lasciata: non c'era nessuno. Sentiva d'avere il cuore sottosopra. Prese delicatamente la piuma, la intinse appena nell'inchiostro e scrisse: BUSSARE.

Confusa, uscì ad attaccare il foglio sulla porta, poi richiuse e tornò al tavolo. S'era appena seduta quando qualcuno bussò.

- Voi siete la bellissima signorina Vaniglia Periwinkle? - chiese il giovane uomo sull'uscio.

- Sì - rispose Vaniglia senza quasi respirare.

- Allora questo è per voi - disse lui e le consegnò una minuscola scatola, bianca come il latte, di seta finissima, leggera e delicata come una nuvola.

- È vuota - rispose Vaniglia dopo averla aperta.

- Lo so - disse l'uomo. - Eppure voi siete delusa. Dunque quel che si dice è vero, moscerine e signorine hanno di simile solo il nome.

Trattenendosi dal ridere, perché quel gioco le piaceva da morire, Vaniglia annuì.

- Vediamo allora se ci metto dentro questo... - Dalla mano, Jim fece scivolare nella scatola un sassolino, così piccolo, ma così piccolo... color del cielo a primavera. Vaniglia non resistette più e si lanciò ad abbracciarlo.

- Hai ricevuto la mia lettera! - disse stringendolo forte. - Perché ci hai messo tanto?

- Sarei venuto prima - rispose lui - ma non trovavo sassolini azzurri.

Babù scoppiò a ridere.

- La prossima volta chiedi a un polpo...

Premeva il volto contro la giacca del suo Jim e ne respirava l'odore: profumava di fresco e di pulito eppure lui arrivava da un lungo viaggio, dunque s'era cambiato per lei.

- Cosa nascondi nell'altra mano? - gli chiese.

- Le tue penne - rispose Jim.

Sarebbero rimasti stretti l'una nelle braccia dell'altro per altri cinque anni se Jim non avesse avuto ancora una cosa da mostrarle. Dalla sacca tirò fuori una specie di quaderno, molto vecchio e molto strano. Aveva la copertina di legno e un ciondolo di conchiglie pendeva dallo spago che lo teneva rilegato.

- È merito di questo libro se ti ho trovata la prima volta - disse il giovane. - Ci credi se ti dico che è il giornale di bordo di un pirata?

VENTINOVE

La Prima Sera

PIUME, LETTERE E ADDII

"E così Tomelilla aveva dato la piuma a Jim... Ma... un momento, Felì: se le ragazze stavano per compiere quindici anni significa che tu avevi concluso il tuo compito presso di loro, e dunque..."

La luna tramontava dietro le colline brune del mio regno e io ero giunta alla fine del mio primo racconto. Avevo mantenuto la promessa, un mistero era stato svelato, e tuttavia le fate non mi lasciavano ancora andare.

- Descrivici la loro emozione, Felì! Racconta di lei, come reagì, cosa provò, era felice, cosa gli disse?

Desideravano sapere di Jim e di Vaniglia, del loro incontro, del loro amore, del loro futuro. Ma quando Jim bussò alla porta del Museo, io ero già partita!

- Proprio come temevamo!

- Perciò non ci dirai niente?

- Come sai allora che Jim è tornato?

- Chi ti ha raccontato del loro incontro al Museo se

eri già partita per tornare qui?

- Ieri ho ricevuto una busta dal Gran Consiglio - dissi. - Pensavo si trattasse di una nuova chiamata, invece mi hanno concesso di ricevere un pacco da Fairy Oak. Ho trovato questa dentro, insieme ad altre preziosissime lettere. È di Babù, se volete ve la leggo...

- SÌÌÌ! - risposero in coro.

E per quel giorno fu tutto.

Cara fatina,

se leggi queste lettere, vuol dire che i Saggi sono stati indulgenti con noi e hanno ascoltato le nostre preghiere.

Ti abbiamo scritto tutti, hai visto? Questa però è solo mia... Tu sai perché... Mi conosci come le tue ali e non serve che ti descriva l'emozione che ho provato nel rivederlo. È tornato Jim, Felì!

È più grande, è un uomo, ma ha lo stesso sguardo di allora, lo stesso sorriso, la stessa testa di capelli neri, solo che adesso li porta un po' più lunghi e zia Tomelilla dice che sembra un selvaggio.

Ma gli vuole bene, sai?, vanno molto d'accordo.

Anch'io per lui sono uguale a prima, solo più bella, così ha detto. Però ha notato il segno della varicella sulla fronte e quando gli ho raccontato che l'avevamo avuta tutti qui al villaggio ha riso molto.

Vivrà qui adesso.

Sua nonna non c'è più e suo nonno... se n'è andato in cielo pochi giorni dopo la sua fuga.

Era proprio Bullet il papà della sua mamma, Jim ci ha fatto leggere il libro di bordo e così abbiamo scoperto che il cane Talbooth era sull'Isabella II quando è naufragata. Per fortuna non è annegato e una nave di passaggio l'ha salvato. Poi un'incredibile coincidenza ha fatto sì che quella nave venisse assalita da Bullet e così Talbooth ha ritrovato il suo padrone. È stato l'ultimo assalto del nonno di Jim.

Dopo di quello è sceso a terra e si è messo a cercare il nostro Capitano. Immaginando che dovesse trovarsi in un luogo non troppo distante da dove era stato trovato il cane, s'è messo in marcia verso la nostra Valle. Ha impiegato mesi, forse anche anni, e alla fine l'ha trovato.

Così come gli alberi hanno trovato Jim e gli hanno consegnato la mia lettera. Della signora Anna invece non abbiamo ancora notizie, ma questo tu lo sai, sei partita da appena un mese!

Il giorno in cui ti abbiamo salutato, mi hai vista, ero molto triste. Nel pomeriggio sono uscita come al solito per rispettare il mio turno, prima però sono andata a guardare la mareggiata (se con questa hai ricevuto anche le altre lettere, allora sai come mi sentivo in quel momento e come stava Pervinca...).

Alle tre ho aperto il Museo, in verità l'ho trovato aperto e fra poco scoprirai perché.

Ero sola e cercavo una penna.........

ROYAL NA

INDICE

Addio Fairy Oak 11
La Grotta di Grisam 20
William Talbooth 28
L'Eredità di un Re 34
Un Baule di Segreti 40
La Prima Scoperta 47
Qualcuno Parte 54
La Promessa Solenne 59
La Strega e il Meteorologo 65
Il Segreto di Jim 75
Joe Sempreinsella 80
La Banda si Riunisce 90
Le Ipotesi dei Giovani Saggi 96
Incanti d'Amore 106
Duff e Tomelilla 117

Nuovi Guai in Vista 127
La Dama Misteriosa 131
Bullet il Brigante 138
L'Assemblea di Capitan Grisam 146
Il Grande Salvataggio 153
Una Luce nel Buio 161
Pulci, Foruncoli e Bugie 165
Il Segreto del Baule 174
Il Quadro di McMike 182
Quel Pulcioso di Talbooth 190
Un Incontro Misterioso 197
Il Telegrafo degli Alberi 203
La Visita del Sindaco 209
Il Museo del Capitano 217
La Prima Sera 226

Fairy Oak

La seconda sera...

GLI INCANTEVOLI GIORNI DI SHIRLEY

Quale sarà il secondo mistero?

LA TRILOGIA

Fairy Oak

LIBRO UNO

Il Segreto delle Gemelle

Elisabetta Gnone

Fairy Oak è un villaggio magico e antico,
nascosto fra le pieghe di un tempo immortale.
Il villaggio è abitato da creature magiche ed esseri umani, ma è difficile distinguere gli uni dagli altri. Infatti, fate, maghi, streghe e cittadini comuni abitano quelle case di pietra da tanto di quel tempo che ormai nessuno fa più caso alle reciprochestranezze.
E dopo tanto tempo, tutti si somigliano un po'!
A parte le fate, che sono molto piccole, luminose e... volano!
I maghi e le streghe della Valle le chiamano per badare ai piccoli del villaggio. Questa storia è raccontata proprio da una di loro:
Felì, la fata delle due gemelle Vaniglia e Pervinca.

LIBRO DUE

L'Incanto del Buio

Elisabetta Gnone

A Fairy Oak il tempo della pace sembra destinato a finire, perché un antico Nemico è tornato in cerca di rivincita. Il Signore del Buio vuole governare il mondo nell'oscurità e per farlo deve distruggere l'altra metà del magico potere, la Luce. La difesa è affidata ai Magici, che già in passato sono riusciti a respingerlo, ma il Nemico si insinua tra loro e l'Antica Alleanza vacilla. La speranza è nelle giovani mani di Vaniglia e Pervinca, le streghe gemelle, simbolo vivente dell'alleanza. Continua così, tra mille avventure, il racconto di Felì, la fatina luminosa a cui è affidato il difficile compito di proteggere le streghe gemelle di Fairy Oak.

FAIRY OAK

LIBRO TRE

Il Potere della Luce

Elisabetta Gnone

La guerra travolge la Valle di Verdepiano.
Gli abitanti di Fairy Oak organizzano la difesa, ma il dubbio avvelena i loro animi: il Nemico è riuscito a insinuarsi fra le gemelle? L'Antica Alleanza tra Luce e Buio è spezzata? Nonostante l'affetto di Vaniglia, Pervinca è costretta a fuggire ed è allora che il Nemico sferra l'ultimo attacco.
Le mura di Fairy Oak sembrano resistere, ma il Signore del Buio ha in serbo una sorpresa che sconvolgerà gli assediati...
Forse però non tutto è come appare. La Luce deve ancora mostrare il suo potere e l'amore nasconde ancora un segreto.
Si conclude con questo terzo ed emozionanate episodio la trilogia di Fairy Oak.

Riciclare 1000 kg di carta...

• salva 17 alberi
• salva energia sufficiente a rifornire una casa per 6 mesi
• elimina 3 metri cubi di materiali inerti
• risparmia 31 780 litri d'acqua
• produce il 75% in meno di inquinamento nell'aria
• impiega il 57% dell'energia impiegata per produrre una tonnellata di fibra vergine
• produce il 35% in meno di inquinamento dell'acqua.

Fonte: http://www.oldgrowthfree.com